Arc
アーク
ベスト・オブ・ケン・リュウ

ケン・リュウ

古沢嘉通 編・訳

Arc and other stories
Ken Liu

早川書房

HAYAKAWA PUBLISHING CORPORATION

Arc アーク

ベスト・オブ・ケン・リュウ

ARC
AND OTHER STORIES
by
Ken Liu

Edited and Translated by
Yoshimichi Furusawa
First published 2021 in Japan by
Hayakawa Publishing, Inc.
This book is published in Japan by
direct arrangement with
Baror International, Inc.
Armonk, New York, U.S.A.

目次

Arc アーク

夏真っ盛りのニュース涸《が》れの日々がつづくと、書くネタに困った若い記者たちはわたしの家に姿を現す。

わたしは彼らをポーチに招いて座らせる。一ブロック先の砂浜から心地よい風がそよいでくるのだ。デイヴィッドがピッチャーに入ったレモネードと、（いやしくもクッキーと名をつけるならそうあるべきように）トランス脂肪酸のたっぷり入ったクッキーを――ときには、相手が飲めそうだと判断するとワインのボトルも添えて――運んできて、ほほ笑むと、その場を離れる。

家のなかでデイヴィッドがみんなに砂浜にいく用意をさせている声が聞こえてくる。夏になると、わが家は日光と温かい砂を求めて大騒ぎをするせっかちな子どもたちで溢れ返る。わたしの子孫たちはわたしの海への愛情を受け継いでいる。

来訪客はいつもわたしの姿を見ることからはじめる。遠慮して顔をじろじろ見られない場合は、わたしの手に注目する――老人斑や皺々の皮膚、老化して節くれ立った関節を見つめる。苦しみはないの、とわたしは彼らを安心させる。ボディ＝ワークスはわたしが優雅に年を取るよう力を貸してくれ、すべてを制御してくれている。そのときがきたら、わたしは健やかに眠って逝くだろう。死のまえの長く、いつまでもつづく黄昏はやってこない。

少し世間話を交わしてから、質問は予想された方向に向かう――後悔はありませんか？　決心を変えるつもりはないですか？　もうあともどりのできない時点を過ぎてしまったと思いますか？　記者たちはあらかじめ頭のなかで書き上げている記事を書けるような内容をわたしが話すのを期待している。

だけど、わたしの人生のことを話し、レモネードを飲み、クッキーを食べているうちに、次第に質問は止まってしまう。会話は気安いものにどんどんなっていく。もっと大切なことについて話し、自由なものになっていく。わたしたちはポーチにとても長い時間座る。話すことがたくさんあるからだ。

そして、彼らはわたしに礼を言い、立ち去り、記事を書く――

『リーナ・オージーンの最年長の息子はリーナが十六歳のとき生まれた。百年後、リーナは一番年下の娘を産んだ』

記事を売るにはうまいツカミだけど、それではほんとうに興味深い部分がごっそり欠けている。

チャドとわたしは砂浜を並んで歩いていた。

昔からわたしは海が好きだった。古くもあり、新しくもあるところだと思っている。寝室の壁に暗赤色と紫の赤ちゃんヒトデや明るい原色の皺の寄った古代珊瑚、きらきらと鮮やかな模様のついた魚の群れの絵を描いた。教科書で見つけたポンペイの壁画の写真のように。きみは画家の才能があるよ、とチャドはよく言ってくれた。わたしが家でひとりでいるときに彼が持ちこんだアーニー・ディフランコやニルヴァーナのテープを聴きながらベッドで寝ているときに。記憶のなかの歌でさえ、多彩な色に充ちていた。

だけど、十二月のある日のロングアイランド海峡の海水は、鉛筆スケッチのようにモノクロの百階調があるだけだった。

薄っぺらな上着を着てわたしは震えていた。チャドはコートを貸してくれなかった。いつもは貸してくれたのに。

爪先で踏みしめる砂は冷たく、濡れており、ときたま貝殻の破片が裸足の足裏に刺さった。だけどわたしは汀《みぎわ》を裸足で歩きつづけた。あとに残る足跡の形に催眠術にかけられていたからだ――ひとつひとつの足跡が掘りたての墓場のように浅く、湾曲していた。

「どうなんだろう」わたしは口ごもりがちに言った。「なにも変わらないでしょ?」はっきり口にすることなく、わたしはお腹に手を当てた。まだ平らで引き締まって感じられた。

「ぼくはイエール大に合格したんだ」チャドは海に向かって、風に向かって、特にだれに向かってということなく言った。彼はわたしを見ていなかった。「ああ、なんてこった」チャドは大きな分厚い手のあいだに顔をうずめた。砂に置かれた蟹の爪に似ていて、とても可愛らしいと思っていた手に。彼は首を振った。そんな仕草は映画のなかでしかしないものと思っていた。

わたしは笑い声をあげたかったけど、そうしなかった。彼の手に手を伸ばす。寒いんだ、とわたしは思った。手袋をしてないから。むきだしのわたしの指も冷たかったけど、わたしはそれに慣れていた。わたしは物に触れるのが好きだった。両手で作業をするのが好きだった。触れた指はなにも感じられなかった。わたしたちはおたがいを感じることができなかった。

「わたしの誕生日にミスティク（コネチカット州沿岸の村）に連れていってくれるよね？」わたしは訊いた。二週間後にわたしは十六歳になる。

チャドはなにも言わなかった。

そのとき、わたしのうしろにつづいているあの小さな足跡形の墓場になにが埋まっているのかわかったのだ。


なんど父さんに訊かれてもわたしは、「知らない」と答えた。

父さんは恫喝し、物を壁に投げつけ、わたしの友だちを呼び出して、締め上げてやるとまで言った。だけど、父さんはわたしの友だちがだれなのか知らなかった。このときまで一度もわたしの友だちに興味を持ったことがなかったからだ。チャドは安全だ。

「なぜ相手の男を庇《かば》ってるの？」母さんが訊いた。「大学にいきたくないの？　あなたはなにもかも捨ててしまおうとしているのよ」

チャドはわたしに起こった最高にすばらしい出来事で、わたしはずっとまずいことが起こるんじゃないかと予想していたのかもしれない。チャドの父親は有名な弁護士で、母親は教育委員会の委員長をしていた。一方、うちの家族は、毎回の食事がレトルトパックをチンしたものである始末。

チャドのベッドが好きだった。彼の部屋とおなじようにとても大きかった。彼はいろんなところにわたしを連れていってくれた。TVに出ているような着飾った人たちがいる楽しい場所に。夜になるとそんなところがどうなるのか夢に見た。

チャドはその気にさえなれば、とても優しい人になれた。両手でわたしの顔を挟み、ひたすらじっと見つめるのが好きだった。わたしは顔を赤らめたけど、目を逸《そ》らすことができなかった。「いいかい、きみは綺麗なんだ」よくそう言っていた。そうなんだとわたしは信じそうになった。

チャドはもう何週間もわたしと話をしてくれない。

わたしが黙っていたのは彼を守ろうとしていたからじゃないと思う。向こう見ずにも自分が夢見るに値すると思っていたのかもしれない。自分が何者なのか忘れてもかまわないと思っていたのかも。

あるいは、ひょっとしたら、この件でチャドにもうなにも口を出してほしくなかっただけかもしれない。わたしの心のなかでは、とても高貴で、古いと同時に新しくもあることに関わる権利を彼は失っていた。わたしはほかの選択肢、中絶つまり堕胎のことを口にするつもりはなかった。これはわたしの体、わたしの命、わたしの赤ちゃんのことなのだ。

「おまえの母とわたしはもうひとり赤ん坊を育てるには年を取り過ぎている」わたしが相手の名前をけっして口にするつもりがないのを悟ると、父さんはきっぱり断言した。「もしおまえがそうしたいのであれば、それなら自分でやるんだな」

チャドがべつの子を卒業パーティー《プロム》に誘ったのを聞いた。彼女の写真を卒業記念アルバムで見た。「綺麗ね」その写真に小声で話しかけた。わたしがしたのとおなじようなことを彼にやってあげるんだろうか、と思った。

プロムの夜、わたしは暗くなるまで待って、チャドの家まで車でいき、ビニール袋に入れた一ダースの腐った卵を取りだした。チャドの寝室の窓の明かりが消えたのを見、ためらった。彼の両手で顔を触られたときの感じを思い出す——とても滑らかで温かかった。本当の愛は感じるものだと人がいつも言っているように。

と、そのとき、赤ん坊が蹴った。体をふたつに折らなければちゃんと呼吸できないくらい強く。

八月の暑いある日、チャドの両親は車に荷物を積んで、チャドをイエール大のあるニューヘイブンに送っていった。父さんはジム・バッグに荷物を詰め、わたしを病院まで車で送り届けた。

看護師が差し出す、布に包まれ、か細い声で泣く濡れた血まみれの生き物を見たとき、電気的な繋がりがやってくるのを、はっきりした宇宙的な感覚を感じるのを、自分の人生に意味を与えてくれるだろう優しさがこみあげてくるのを待った。

だけど、そんなものはなかった。

ただただ疲れていた。「寝る」かすれ声でそう言うと、看護師は泣いているそれを連れ去った。ひょっとして次に目を覚ましたら、違う感覚になるかもしれない。

あるいはひょっとしたら、いなくなっているかもしれない。

だが、もちろん、いなくなりはしなかった。それは泣き、それは要求した。一時間おきに看護師たちがやってきて、わたしがやらなければならないことをあれこれ伝え、クリップボードに書かれたリストから確認して消していった。わたしは何度も何度もうなずいた。悲鳴をあげたかった。それが乳首を噛むとあまりにも痛かったからだ。

それは特別なものに感じられなかった。高貴なものに感じられなかった。愚かしいものに感じられた。失敗のように感じられた。

「あいつの赤ん坊だ」父さんはそう言って、母さんを引き離した。「おまえはあいつを二週間手伝った。二週間は長すぎる。あいつは若いんだから、そのくらいの世話はできる。自分で面倒を見させろ。さもなきゃ、学びはしないんだ」

　ひとり部屋は、ほんとうは夫から逃げてきて隠れている女性用だったのだが、父さんはわたしをそこに住まわせるよう責任者たちを説き伏せた。十八歳になるまで、毎月、おまえと赤ん坊が食べていけるだけの金は渡す、と父さんはわたしに言った。父さんは冷酷ではなかった。わたしは飢え死にはしないだろう。だけど、自分の決断の結果とともに生きていかなければならなかった。

　わたしはおむつの臭いが嫌いだった。調合乳《フォーミユラ》の臭いが嫌いだった。いつも眠りたかった。わたしはそれが嫌いだった。

　とりわけ、わたしは自分自身が嫌いだった。自分の息子が嫌いで、そのせいで自分がモンスターになったからだ。

「わたしたち夫婦はおまえを甘やかしすぎた」そう言って父さんはわたしの目のまえで実家のドアを閉めた。冷たい冬の空気のなか、わたしはドアを何度も何度も叩いた。だけど、父さんは態度を和《やわ》らげなかった。

わたしは泣いた。この世にひとりきりで、わたしにできることは泣くことだけだった。

わたしは赤ん坊をチャーリーと名づけた。父親を知るヒントだったけど、父さんはもうなんのヒントにも興味を抱かなかった。

ときどき、太陽が暖かくてその気になると、乳母車を押して、小さな公園にいき、チャーリーがうたたねしているあいだ、太陽を浴びて少しの時間ひとりで座っていた。そこにはほかに母親たちがいたが、いずれもかなり年上だった。彼女たちは自分たちだけでかたまって座り、こちらをじっと見ながら、囁き合った。

あるとき、そこに彼がいた——古い革のジャケット、煙草の臭い、その目は太陽の光を浴びてモノクロの百階調を見せ、そのひとつとして退屈な階調はなかった。外見は二十一歳にしか見えなかったが、もうたっぷり世間を見てきたように振る舞っていた。

彼はかがみこんで、わたしにコーヒー・カップを差し出した。「あんたにはこれが必要なようだ」わたしの目に映る彼の両手は大きくて、マメができていた。その手が紙やすりのように自分の顔をこするところを想像した。

わたしに関心を寄せてくれたのが嬉しかった。コーヒーを差し出す親切さが嬉しかった。熱く、苦いコーヒーに口をつける——アルコールが入っていた。わたしは驚いて顔を起こした。

「わたしには《アイ・ハヴ・ア》赤ん坊《ベイビー》がいるの」そう言って、首をひねってバカみたいに乳母車を見つめた。小さなチャーリーをバカみたいに見つめた。その仕草で言わんとしていたのは、罠にかかった、ということだった。

「赤ん坊はだれの持ち物でもない」彼はそう言った。わたしの隣に座ると、わたしが綺麗だと思っているかのようにわたしを見た。「人はほかのだれかを所有することはできない。おれはジェイムズだ」

わたしは彼の目を覗きこみ、彼が言わんとしていることを知った。自分には選択肢がないと信じこまないかぎり、けっして罠にはかからない。

夏だったけど、早朝の空気は少し肌寒かった。チャーリーは両親の家の玄関ポーチの床からわたしを見上げていた。小さな襁褓《おしめ》にきちんとくるまれ、その目は潮だまりのように透明で、眉間に小さな皺を寄せていた。

「さよなら」わたしは言った。「わたしはあなたを所有していないし、あなたはわたしを所有していない」

両親の家の呼び鈴を鳴らして踵《きびす》を返し、夜明けまえの星空の下、裏庭を駆け抜け、ジェイムズの車の助手席ドアを開けると、ニューイングランドの暗い夜のなかにぽっかり空いた温もりと明るさのなかに腰を下ろした。

「どこにいくの?」わたしは訊いた。靴が朝露で濡れそぼっていた。着の身着のままでポケットに四十ドルが入っているきりだった。

「さあな」ジェイムズは言った。「どこでもいいだろ」

わたしたちは笑い声をあげた。最初の人生を置き去りにして、わたしはやっと自由を感じた。

四年間、ジェイムズとわたしは全国を車でまわった。どこであれ数カ月以上おなじところにとどまらず、気に入った名前を見つけた地図上の次の地点に向かうのだった。冬になると、メキシコに南下し、リゾート地の観光客と仲良くなり、よく彼らから金品を盗んだ。夏にはアラスカに北上し、川のそばでキャンプを張り、熊になった気になって流れから鮭を引っ張りあげた。

ある日、サンフランシスコの安いホステルのベッドの上で目覚めると、ジェイムズはいなくなっていた。わたしは驚かなかった。彼はいつも言っていたものだ――ベイビー、人はだれかを所有したりしないいんだ。おまえとおれはいつだって自由だぜ。

だけど、それでも胸が痛かった。ジェイムズは優しくもなく、人柄が良いわけでもなかったけれど、芝生付きの家で暮らさなければならないのが人生というわけじゃなく、お金の心配に追われなきゃならないのが人生というわけじゃなく、義務や罠のことを気に病み、やることになっていることをやっているかどうかを気に病まなきゃならないのが人生ではないことを示してくれた。男たちが本能的に知っているのに、女たちは学びとらねばならないたぐいの教訓のようだった。

そして彼が自由についてあれこれ教えてくれたにもかかわらず、わたしは毎朝頰に彼の広い肩を感じるのを、夜に太もものあいだに彼の手を感じるのを期待するようになっていた。自分が彼のものだと、彼がわたしのものだと感じるようになっていた。わたしたちは一度も愛し合っていると言ったことはなかったけれど、そんなことはどうでもいいのだといまになって気づいた。

自由は生やさしいものじゃなかった。

わたしは何日も食べなかった。体調を崩した。ホステルから追い出され、ぶるぶる震えて、咳きこみながら冷たい海のそばで眠った。病院のベッドで目を覚ましたときには、あやうく死ぬところだったと言われた。

退院すると、波止場のまわりをうろついて、具体的になにかを探しているわけじゃないけれど、ぽっかり胸に空いた穴を埋めるものを求めていた。

ジェイムズと暮らしていて得た教訓は、自由だけでは充分ではない、愛だけでも充分ではないということだった。わたしはもうほかの人に救われたくなかった。なにが必要なのか、幾何学証明のように答えを出した。わたしにはひとりきりになれる部屋が必要だった。その部屋をカタツムリの殻のように維持するための小切手が必要だった。その小切手を手に入れるために自分の手で稼ぐことが必要だった。

ある建物のまえに大勢の人がひしめいていた。わたしは近づいていき、押し合いへし合いしている人たちに運ばれるに任せて建物の正面にたどりついた。

窓のなかにロダンの『考える人』のようなポーズを取っている男性が座っていた。ただし、男性の皮膚は剝かれていて、その下にある膨らんだ筋繊維や血管が見えていた。その細かさのレベルはこのうえもなく凄かった――あらゆる神経、あらゆる腱、次第に細くなって組織のなかに消えていくあらゆる毛細血管が見えた。

肉の薄い膜は、内臓を隠していたが、その内臓も薄くスライスされて、彩り豊かなジグソーパズルを見せていた。瞼《まぶた》のない片方の目がまばたきをせずに、大勢の人々を見下ろしていた――もう片方の目はくり抜かれ、虚ろな眼窩を見せていた。頭蓋骨のてっぺんが帽子のように取り外され、その下にある脳が新鮮なスフレのようにわたしたちの視線にさらされていた。

「ボディ＝ワークス――仕組《マシン》みを露わにする」、とそこの看板に記されていた。その文言の下に、かなり小さな文字で「職員募集中」と書かれていた。

わたしは建物のなかに入った。

プラスティネーションの手順は、まず腐敗を止めるための死体の防腐処理からはじまる。つぎに死体を切り開き、皮膚や脂肪をめくり取って、その下に隠された人体の構造を露《あら》わにする。そののち、組織内の水分と脂肪がアセトンに置き換わるまで何度もアルコールとアセトンの溶液に浸す。それから死体はポリマー風呂に浸けられ、まわりから空気を抜かれる。組織内のアセトンは陰圧をかけられて低温度で沸騰し、気化する。それによって液体ポリマーが筋肉や血管や神経に入りこみ、すべての細胞に合成樹脂が滲みこむ。

この過程は浸潤《インプレグネーション》と呼ばれている（「受胎」の意味もあり）。

そこまでいって死体はポーズを取らせる用意が整い、そのあと熱やガスで重合鎖が交差結合して硬化するまで固められる。そのころには死体はすべての毛細血管と神経と筋繊維が保存された合成樹脂の立体像に変わっている。

チーフ・アーティスティック・ディレクターのエマが仕事台の隣のスツールに腰掛け、死体のポージングをしているわたしを見守っていた。

死体のポージングはあやつり人形の製作に少し似ている。様々な長さの糸を死体を囲む枠から数百本垂らして、腕や指や脚を引っ張り、頭部を望む位置に置く。スタジオのなかには、ハイパワー・フラッシュの力を借りて一瞬を捉えた写真のようなポーズを取った像がたくさん置かれていた——皮を剝がれた男性が宙を跳んでいる瞬間の像がこちらにあるかと思えば、スピンしているフィギュアスケートの選手のように片脚を上げ、片方の乳房が爆発しているヌードの女性像があちらにあった。

エマが体重を移動させると、床に触れているスツールの脚がきしみを上げた。エマが背中に問題を抱えていて、スツールに腰掛けていても楽じゃないのをわたしはわかっていた。それでも、エマはだれかに世話を焼かれたがらない人間であり、わたしは作業をつづけた。

エマはけっして無駄話をしない人だ。プラスティネーションについてわたしが知っていることはすべて彼女が教えてくれたことであり、その多くは黙って教えられたものだった。エマがなにかをやり、わたしがそれをそっくり真似るのを彼女は待つ。わたしがきちんとやらないと、彼女はまた繰り返す。もし彼女の満足いく成果をわたしが挙げれば、彼女は次のステップへ進むのだった。

エマがわたしを気に入っているとわかるまで何年もかかった。わたしが弁当を持ってくるのを忘れたのを見ると、彼女はだまってわたしの作業台にキャンディーを置いていくのだった。わたしが弁当を持っていくと、彼女はなにも言わず、わたしといっしょに座って、食事をした。ときどき、わたしは読んでいる本や見た映画の話をエマにした。彼女は黙って耳を傾けてくれた。すると数日後、作業台にエマのメモを見つけることがあった――「良い本」とか、「あなたはあの映画を誤解しているけど、あなたが見たほうがいい映画がある」とか。

一度、なにも理由を告げずにひとりの秘書をエマが解雇したことがあった。だが、その前日、くだんの女性は休憩室にいるほかの従業員たちのまえで声高にわたしの噂話をしていた――リトナはなにを隠しているんだろう?、と訝《いぶか》ったそうだ。彼女はだれともデートしないし、友だちがだれもいない。

そのうち、エマは言葉をおおむね無駄なものとみなしているのがわかってきた。言葉は、思考の影であり、それ自体はあいまいでとらえどころがなく架空のものだ。肉体はプラスティネートし、保存し、永続性を与えることが可能だった。だが、アセトンとポリマーが血と水分に置き換わると、思考はとっくの昔に消えている。

「ひょっとしたら最初から思考は存在していないのかもしれない」エマは一度わたしに言ったことがある。彼女は唯物論者で、自分が作業できるものしか信じていなかった。

エマのそういうところが好きだった。話し言葉の偽りの親密さをエマは信じていなかった。わたしはその手のかりそめの親しみを、いっしょにいるという偽りの約束をもはや欲していなかった。エマにとって重要なのは、わたしの物理的な存在、わたしがやること、毎日そこにいることだった。

自分がポーズをつけている死体に満足して、わたしは作業台に戻り、エマの隣にきた。わたしたちはいっしょに目のまえの女性をじっくり見た。頭は空を見つめているかのようにうしろに反り、背中の肉は、弦を張った弓のように曲がった背骨を露わにするため、はぎ取られていた。

エマはなにも言わなかった。数分後、彼女がほとんどわからないくらいうなずくのをわたしは目の隅でとらえた。わたしはほほ笑んだ。

「精密細工をいくつか見せて」エマは言った。

十年以上まえ、ここで働きはじめた当座、わたしはエマに渡されたスケッチに従って、四肢や胴体のポーズをつけていた。わたしにはその才覚があった。空間や形状、重さや陰影を感覚的につかんでいた。手を汚しても気にならず、死体に触れるのを忌避したりしなかった。

われわれが製作した作品のなかには、美術館向けのものがあり、有名な彫刻に似せて劇的なポーズを取らせていた。きつかったが満足のいく仕事であり、死体と格闘することで自分が強くなった気がした。

やがてわたしは精密作業をもっと任されるようになった。指や顔のポージングはもっとも難しいものだった。唇の正しい丸みや、指の必要不可欠な角度や、手首の正しいひねりを出すために針やフォームラバーを適切に当てなければならなかった。

わたしは収納キャビネットにいき、目下取り組んでいる課題を運び出した。それを作業台に載せ、エマのスツールの隣に自前のスツールを引き寄せ、覆っている布を外した。

ここにきた最初の数年、わたしは作業している死体のことをよく考えた。彼らは死ぬまえは何者だったんだろう？　これが埋葬として相応しい手段であるとどうして彼らあるいは彼らの家族は考えたのだろう？　法律がたいして意味をもたない国からきたのだろうか？　科学のためにボディ＝ワークスにみずから進んで献体したのだと言われたものの、その説明は空虚に響いた。わたしがポーズをつけているもっとも手のこんだ死体のいくつかは、医大や美術館向けのものではなく、個人の邸宅向けのものだった。わたしは死んだ女性たちに裸のバレリーナのようなポーズをつけた。死んだ男たちに裸のボクサーのようなポーズをつけた。

「芸術だな」エマが言った。彼女はわたしのまえの作業台に置かれている両手を見ていた――オーナーは、両手だけを要求していた。およそ十五センチ分の前腕をつけただけで。両方の手がたがいをスケッチしているエッシャーの絵に似せてポーズを取っていた。だが、鉛筆を手にするかわりに、その手はメスを持っていた。まるで両方の手がたがいを切り刻んでいるかのように見えた。おたがいの血管や筋繊維や手根骨をずたずたに切り裂いているように見えた。

別の人間の手をばらばらにし、保存処置を施し、自宅の居間に誇らしげに飾りたがるというのはどんな種類の人間なんだろう？　人生のはかなさを、はたまた人体の驚異をじっくり考えるための方法なのか？　ルネッサンスの詩人がしゃれこうべを歌ったのとおなじような〝死を《メメン》忘れるな《ト・モリ》〟なのか？

エマは肩をすくめた。「ほとんどの疑問は無駄だよ。答えが返ってきても、嘘か、信じたくないものかのどちらかさ」

その返事は一週間でエマから返ってくる言葉よりもずっと饒舌だった。わたしは彼女を見て、どこか変わっているところがあるのか確かめようとした。

わたしは手の指に取り組んでいて苦労していることをエマに認めた。メスを使って指の神経まわりに作業をしていると毎回、自分の指が呼応するように疼《うず》くのだった。たびたび手を止め、気を取り直さねばならなかった。

「あなたのミラーニューロンが干渉しているんだよ」エマが言った。「いずれ乗り越えるさ。

そうしなきゃならない。あたしの場合、いちばん厄介なのは顔だったけど、そのうち顔を見るのを止めて、線だけを、影だけを、色の階調だけを見るようになった。あたしたちはほかの人が土を使って彫像をつくるように皮膚を使って形作っているんだ」

エマの両手がほんのわずかだが小刻みに震えていた。わたしは彼女の顔に視線を上げ、口元がぴくぴくと引き攣《つ》るのを見た。ふいにいつのまにかエマの髪の毛が白くなっているのに気づいた。染めるのをやめたんだろうか？

「あたしはもう年寄りだ」エマが言った。「それを認める頃合いだよ。あたしは引退する。きょうが最後の出社日さ」

わたしは彼女をハグしようとした。そんなことをしようとしたのはそのときがはじめてで、おたがいぎこちない感じがした。ハグが終わってはじめて、わたしは自分が彼女を愛していたのだと悟った。母を愛していたのとおなじような強さで。

「死体は絶えずやってくる」そう言うと、エマは背を向けて立ち去ろうとした。「死は避けがたいもの。あたしたちの仕事はそのことに嘘をつき、死者を生きているかのように見せること。あたしは嘘をつくのに疲れたんだ」

神経を既定の場所に押しこみ、もつれあった血管を広げる作業をつづけながら、わたしは指先の疼きを感じないようにした。わたしの大きなスケールでのデザインは優れたものだったが、だれもが褒めたのは、わたしの処理した手だった。わたし自身は、その手に居心地の悪さをずっと感じていたのだけど。わたしがポーズをつけた手は自ら語った――その手は悲しくなったり、浮かれ騒いだり、沈みこんだりできた。誘惑し、手招きし、警告し、促すことができた。祈ることもでき、目覚めることもできた。

作業台の上の手がとてもかすかにだが、震えたのを感じた気がした。わたしはメスを取り落とした。世界が涙でかすみ、溶けて、幾筋もの色模様を描いた。

次の週、わたしはチーフ・アーティスティック・ディレクターに昇進した。ジェイムズがわたしを捨ててから十五年経っており、わたしは三十五歳になっていた。

買い手は生まれた日に亡くなった自分の息子のプラスティネーションを依頼していた。母親は、その小さな亡骸を埋葬あるいは火葬したがっていない、とわたしは聞かされた。彼女は息子をずっと手元に置いておきたがった。

手のこんだ切断はなく、必要最小限のプラスティネーションで済むはずだった。また、母親はまるで息子が眠っているように見えるポーズを取らせるよう希望した。小さな両手をあごの下で握り締めているようにする。下絵も描いていた。

技術者たちがすでに防腐処理済みの死体を用意していた。ホルマリンに浸けられた小さな肉袋がテーブルの上に横たえられていた。うつぶせになって。わたしはそれをひっくり返した。

わたしはそのしわくちゃの顔をまじまじと見た。ぎゅっと拳に握られた小さな手を見る。すると突然、わたしは十六歳に戻っていた。ふたたび病室に戻っていた。自分がモンスターのように感じられた場所、息子を愛せなかった場所に戻っていた。

この子にはあなたが必要なの、母さんの声がした。

おまえはいったいどうしたんだ？　これは父さんの声だ。

きみの鬱病を診てもらえる人を紹介できるよ。どこかの医者だ。

両手が疼いた。もう自分のものではないかのような疼きで、わたしはメスを取り落とした。ジェイムズとわたしがハイウェイを飛ばしていくあいだ、夜明けまえの暗闇のなかでわたしを求めて泣いている小さなチャーリーを想像した。あの子の小さな拳がぎゅっと握り締められているところを想像した。

そしてわたしはひとりだった。これまでずっとひとりだったように。そしてわたしは罠にかかった。これまでずっと罠にかかってきたように。

「あなたが辞めたのは残念です」若者が言った。

わけがわからず、わたしは相手をまじまじと見た。戸口に立っている彼を見たとき、背が高く、肩幅広く、少し神経質そうで、まばゆいほど白い糊のきいたシャツを着て二十五歳より一日でも年を取っていないような青年の姿に、自分が一週間以上おなじ服を着て、リビングにテイクアウトの容器を積み重ね、最後にアパートメントを出たのがいつだったのかわからないことにうっすらと気づいた。

「ジョン・ウォラーです」

ロバート・ウォラーはボディ＝ワークスの創業者だった。数年まえ、ロバートの葬儀でこの若者を見かけたことを思い出した。

ジョンはいまや会社のオーナーで、会社のチーフ解剖者ということになっていたけれど、彼をスタジオのまわりで見かけたことは滅多になかった。ボディ＝ワークスよりほかのことに興味を抱いているようだった。

「立ち寄ってくれてありがとう」わたしはよそよそしく答えた。「でも、気分があまり良くないの」放っておいてほしかった。

「あなたがくる日もくる日もやっていることをやって、つねに気分が良いなんてありえないだろうな。父は自分がやっていることを芸術だと正当化したかもしれないけど、死を生と装うことは結局あなたに悪い影響を与える道筋にほかならない」

最後にエマに会ったときのことを思った。彼女はとても痩せ細り、とても弱々しかった。病衣を着ているその姿は非現実的に見えた。餓死しようとしているの、エマはわたしの耳元で囁いた。もっと力があれば、もっとはやく終われるのに。

「あなたの前任者のチーフ・アーティスティック・ディレクターは、わが社に命を捧げたんだけど、そのやり方にぼくは恥じ入っている。二度とふたたびそんなことを起こしたくないんだ」

その言葉は予期しないものだった。わたしは脇に寄って、彼をなかに通した。

そしてわたしたちは話をした。良い気持ちがした。


ジョンは毎日やってきた。

わたしは新生児をプラスティネートしたいという母親の要求について彼に話した。

「嘆きは強力なんだ」ジョンは言った。「人が世界を見ている方法を変貌させる力がある」

ジョンが話すあいだ、わたしは彼の両手をじっと見つめた――ひざの上にきちんと置かれ、まるで瞑想にふける一組のヒトデのようだった。その手は、なんというか……共感の力を持っていた。

「現代の世界は、死からあまりにも遠く離れている、と父は信じていた。それが彼がボディ＝ワークスをはじめた理由。われわれの死の恐怖を死とともに生きるよう仕向けることで取り除きたかった。死んでいる肉体をスイッチを切られた機械《マシン》のように見つめることで。死を滑稽かつ深遠なものにしたがったんだ。もはや怖れるものではないのだと」

わたしは彼の両手がはためくのを見た。一方の手が持ち上がり、浮かんで手振りをしながら胸のまえをただようのを。

「だけど、死のことをあまり深く考えると、プラスティネーション自体とは異なり、生が凍りつく可能性がある。ときどき、ぼくらはそれを忘れてしまう」

わたしは自分の手がひとりでに舞い上がり、空中で彼の手と出会うのを見た。ふたつの手は踊っているカップルのように、祈りを捧げるかのように、合わさった。

彼の手はとても温かかった。十五年間、形作ってきた手とはまったく異なっていた。


一カ月後、ジョンにいっしょに住まないかと言われたとき、わたしの次の人生がはじまった。わたしは異を唱えた。彼の家族はお金持ちだ――彼は二十一歳で医学部を卒業したほどの天才だった。

「あなたは好きよ」わたしは言った。「でも、わたしは高校すら出ていない。わたしが知っているのは、筋肉から筋膜を剝がし、一組の手を合成樹脂に変えることだけ。あなたとわたしは異なる世界の出身なの。けっしてうまくいかないわ」

二十年まえ、ラテックス製の袋がその仕事を果たしてくれていたら物事はどれくらい変わっていただろうと想像した。後悔の連続じゃなく、ちゃんとした人生を送れたかもしれないのに。

「年齢の差のことじゃないだろ？」ジョンが訊いた。

わたしは彼の目をじっと見て言った。「あなたはいつか子どもを欲しがるかもしれない」わたしは話しはじめた。ジェイムズが去っていってからはじめて、だれかに自分の秘密を、捨ててしまった子どものことを話した。

「わたしには問題があるの」わたしは言った。「わたしはどうやったら母親になれるのかわからない」

月並みな言葉をかけるかわりに、ジョンはただわたしを抱き締めてくれた。なにも期待せず、なにも要求していない彼のしっかりした温かい抱擁に、彼が理解してくれているのをわたしははっきり悟った。ときおり、人はなにを求めているのかわからないまま許しを求め、そしてとにかく世界はそれを届けてくれるのだ。

「あなたを待たせたくない」わたしは言った。「わたしが自分で答えを出そうとしているあいだ」自分の体のなかの時計が時を刻む音が聞こえてくるような気がした。

「その心配はしないで。それこそまさにぼくが取り組んでいることなんだ」

わたしは困惑してジョンを見つめた。

「父は腐敗を止めることに興味があった。魂が抜けていったあとも肉体を停止状態に保存することで」ジョンは言った。「だけど、ぼくはもっと良いものに興味を持っているんだ。ぼくは老齢と死を克服したい」

われわれは薬を工学の一分野として思い描かなければならない、とジョンはわたしに説明した。

「機能を停止したあとの機械《マシン》に驚愕するかわりに、その活動をできるだけ長く引き延ばすというのはどうだろう?」

「でも、死は不可避なものだわ」わたしは言った。「だからこそ人生に意味を与えてくれる」

「それは選択肢がないと信じている人間が自分たちに言い聞かせている嘘だ。詩人はわれわれの無力さを慰めるため、永遠の命を得ようとする努力に反対するプロパガンダを書いている。だけど、われわれはもう無力じゃない」

ジョンはわたしに再生薬について話した。臓器の耐用年数が尽きれば交換するためにわれわれ自身の細胞から新しい心臓や肺や肝臓を育てることについて。長寿遺伝子《サーチュイン》SIRT1のような遺伝子や、GATA転写因子のようなタンパク質や、DNA修復や細胞活性化、脱アセチル化酵素やカロリー制限、テロメアを長くしたり、細胞の減数分裂時のエラーを削減するための改変ウィルスの注射や、有害な突然変異を排除するために設計された数百個の分子で作られた細胞ナノコンピュータについて話した。彼の言葉は奔流のようにわたしに押し寄せてきた。その言葉を充分に理解していなくとも、彼の言葉に心安らいだ。

「数百年生きられるだけじゃなく、それだけのあいだ、健康かつ若いままでいられるのは可能なんだ。生物時計のことを心配するには及ばなくなる」

ジョンは自分のお伽噺《ときばなし》にとても熱心で、信じこんでおり、わたしはそれにノーと言えるほど強心臓の持ち主ではなかった。

太陽が木々の葉を通して斑《まだら》な影を落としている明るいキャンパスをわたしは歩きまわり、日光浴をしている女子大生や自転車に乗っている男子学生、長い柱廊や砂岩の壁、緑の芝生、赤いタイルを葺《ふ》いた屋根が織りなす光と影に目を丸くした。

そう、これがスタンフォード大学なんだ。三十八歳で、長い曲がりくねった迂回ののち、わたしはやっと大学に通いはじめた。

自分が入学した年に息子のチャーリーが大学を卒業したかもしれないと気づいて、胸がズキンと痛んだ。

ジョンが何度か促してくれたのだけど、わたしはチャーリーと連絡を取ってみようとはしなかった。彼がわたしをもっとも必要としていたときにわたしは彼を捨てたのだ。どんな権利があって彼のいまの人生に立ち入らなきゃならない？　そのような出会いは、わたしの得にはなるだろう。息子がなんの問題もなくちゃんと育っているのを知れば、わたしの疚《やま》しさを和らげてくれるだろう。それは身勝手なことだった。

それにいずれにせよ、わたしには取り戻さなければならない失われた時間がたくさんあった。学校は忙しいものになるだろう。

クラスメートはわたしを彼らのかなり年上の姉として遇《ぐう》してくれた。おおぜいの若い顔に囲まれていると、自分がとても年老いていると同時にとても若くなっている気がした。

週末になるとわたしは車を運転して、ジョンのもとを訪ね、ふたりで彼のラボにいき、そこで彼はわたしを自分の装置にかけた。

ぶんぶん唸っている金属の揺り籠に寝て、うとうとと眠りながら、化学物質や注射針の思い通りにされていると、仕事で扱ってきた死体と自分がそれほどちがってはないという思いが浮かんだ。これはわたしのアセトン風呂であり、わたしのポリマー浸潤容器だった。

「結果は良好だ」ジョンが言った。「きみはいま三十歳の肉体の持ち主だ。通常の処置をやっていれば、この状態を永遠に維持できない理由がわからない」

すてきだ、とわたしは思い、笑みを漏らした。子どもを持つという決定をもっと先延ばしてきた。わたしは自分の人生を凍った殻のなかに留《とど》めて、いまやりたいのは失われた時間を取り戻すことだった。生きているあいだにやっておきたいことのリストはどんどん長くなっていた。

わたしが卒業する週に、わたしたちは結婚式を挙げ、それからわたしは美術史で博士号の取得を目指すことにした。もし無限の時間があるなら、わたしはそれを利用するつもりだった。

ジョンは特許専門の弁護士を雇い入れた。ボディ＝ワークスは、いまは二本柱の事業をおこなっていた——死者を記念美術品にする事業と、不老の泉の事業だった。どちらがより可能性が高いかは一目瞭然だった。

「大金持ちになる用意をしといたほうがいいな」ジョンは言った。

「ウォラーさん、どうしたら夜眠れるんです?」記者のひとりが訊ねた。「無慈悲な独裁者の命を引き延ばすことに自分が責任を負っているというのに」

　あまりにも腹が立って、目に映るまわりが一瞬真っ赤になった気がした。もしこれが最初の質問だとしたら、記者会見は坂を下っていく一方になるだろう。だけど、ジョンはわたしの手をぎゅっと握り締めてくれた。

「一私企業にすぎないボディ＝ワークス社が、政治家の健康でいられる時間を決定する事業に乗り出すのだと本気でお訊ねですか？」ジョンは訊き返した。「それがどういう意味なのかよく考えてください。われわれは差別をしません。政治信条に基づいてどうこうすることはありません」

「だけど、金がかかる！」記者のひとりが叫んだ。

「われわれの処置は、個人のゲノムに合わせた手順を取る必要があります。それには高い費用がかかり、数十年は高いままでしょう。さらに研究に投資し、コストを下げるのに充分見合うほどの代金をいただかねばなりません。その費用を負担するための保険を求めるのであれば、議会に陳情してはいかがでしょう」

　などなど、容赦ない質問がつづいた。すごい贈り物をもらったとき、包装紙が自分たちの好みの色じゃないのはなぜだと疑問に思う者がかならず若干名いる。

　この問題を解決する簡単な方法はなかった。健康管理は権利であったことは一度もなく、むしろ特権だった。じつに数多くの死体を間近で吟味してきたため、わたしは一目見て、死体の持ち主が生前どれほど健康であったか、どのようにして健康を維持してきたのか判別できた。金持ちは貧乏人のように生きも死にもしない。金と特権は皮一枚のものじゃない——文字通り骨まで達しているのだ。

かつて、死は大いなる平等をもたらすものだった。だが、いまや金持ちはそれからも逃れようとしているかに見えた。おおぜいの人間が怒っているのも不思議ではなかった。

自分で言っていたとおり、ジョンは起きている時間のほぼすべてをラボで費やし、長命化手続きのコストダウンと大衆化の方法を模索した。

一方、わたしはアーティストとして頭打ちになっているのに気づいた。むかしのプラスティネーション作品が、美術館やコレクターに競い合って求められ、評価も上昇していき、批評家がこぞって褒め称えていたけれど、その賛辞が偽善的に思えてならなかった。結局のところ、自分に永遠の生命をくれるかもしれない男の妻を侮辱したがる人間がいるだろうか？

わたしは自分の気に入った作品をなにひとつ作れなかった。ポーズをつけても、無理な感じがした。わたしが形作る手は生命感を欠いている気がした。

はじめて、わたしは自分を解放してくれる愛を、疚しさを感じさせない愛を、落ちこませるのではなく気分を高揚させてくれる愛を享受した。わたしは幸せな気持ちになってよかったのだけど、わたしが感じたのは、大儀さ、動いているけれどもどこにもいけない停滞感だけだった。

なにかやることを見つけるため、わたしは学校に戻った。ジョンのおかげで、わたしの脳は新しくなりつづけていた。永遠のネオテニー状態で、好奇心はいっこうにすたれていなかった。歴史、文学、経済と順に博士号を取得し、やがて騙されたと思って、医大に入った。

学ぶことは恐ろしくたくさんあった。永遠の学生としてのわたしの生活は、つねにいままさにはじめようとしているところだが、けっして本格的にははじまらないものだった。これはまさに理想的な生活ではないだろうか？　わたしは潜在性を秘めた、可能性を秘めた、はじまりばかりの暮らしを送っていた。楽器を習うことを考えていた。百年練習すれば名人になれるかもしれなかった。

ジョンとわたしは旅行もした。わたしの若返り処置が終わるとすぐ数ヵ月おきに地球のはるか片隅へ冒険の旅に出た。

旅の終わりにジョンはいつも訊いてきた。「用意は整った？」

わたしは彼の目を覗きこみ、なにを言わんとしているのか知る。わたしは彼との距離をとても近いと感じていて、わたしたちのあいだになんらかの隔たりがあるとどうして考えられるのだろうと不思議だった。

「まだ」わたしは言った。「でももうすぐかもしれない」心のなかでわたしは次に訊かれたときの自分の答えもすでに知っていた。その次に訊かれたときの答えも。

そんなふうにつづいた。一年、また一年と。実質的にわたしたちが不死である以上、どうして急ぐことがあろうか？

わたしがもっとも誇りにしている作品は、完成まで十年以上かかった。その作品『アダムの創造』のなかで、わたしの題材はミケランジェロの絵のアダムとおなじポーズを取って横たわっている。ただし、丘も地球もない。わたしのアダムはなにもない空間に宙づりになっている。

「悪い知らせがある」ジョンが言った。

わたしのアダムがミケランジェロのそれと異なっている点がもうひとつある——顔がないのだ。額からあごにかけ、顔の皮膚が途中までめくれており、両側面は蝶の翅のように、あるいは三連祭壇画の側面パネルのようになっていた。めくれた皮は途中で凍りつき、ウミウシのうねる膜状の縁のように丸まっていた。その下の筋肉の束は、人間の像がそれから造られた赤い土とおなじような赤剝けた色をしていた。そしてまたたかぬその目は、鋭く、年齢不詳で、表情がなかった。

ボディ＝ワークスが公にしてからの二十年間で、千人以上の人間が長命化処置を受けた。高価ではあったが、永遠の若さという魅力は逆らいがたいものだった。

「ぼくには遺伝子異常があった。若返り手続きは、加齢を止めるのではなく、体細胞を老化に導いてしまった」

わたしのアダムのほかの部分も仔細に吟味するに値する。この作品の側面にまわると、プラスティネーション処置された胴体が縦軸方向に薄くスライスされて断面を見せ、射撃場にある人形《ひとがた》の的の束のようになっているのが見える。個々の断面は十センチほど離されてぶらさがっている。スライスされた断面は、保存処理と硬化処理を施され、屋外で洗濯紐にかけられ、風ではためき、ひねられ、湾曲して、とぐろを巻く途中で凍りついた洗濯済みのシーツのような外見をしている。内臓——肝臓と腸と肺——の断面は、赤やピンクやワイン色の深紅や錆びた鉄の茶色をした円や楕円や抽象的なロールシャッハ・テストの染みを爆発させたものになっていた。

エリザベス朝時代の人間が見たなら、それを秘密の宇宙や内側の世界の一連の地図として理解したことだろう。

わたしは夫をじっと見て、彼の言葉にこめられた真実に目を覚まされた。ずいぶんまえに気づいていたのだ——そして意図的に無視しようとしていた——彼の目のまわりの皺や口元の皺に、染めていたが根元の白くなりかけている髪の毛に、彼の体の動きがのろくなり、乾いて、しなびているのに。彼はずいぶんまえにわたしの年齢に追いつき、追い越していった。それなのにわたしはふたりとも時の猛威に影響を受けないでいるというフリをしつづけた。怖くて、わたしは否定しつづけようとしてきた。

「治癒処置によって老化に転じた若返り処置を止めようとしたところ、細胞が制御不能に分裂する反応を引き起こした。ぼくには癌がある」

もし医者としての訓練を受けていたら、わたしの夫の二枚のスライスのあいだに立ち、腫瘍の形や、ライスペーパーにこぼしたインクのような悪性の染み、広がるその染みの端を引っ張って、フラクタル模様にしている毛細血管を観察できよう。それらはとても美しい。

次にきたのは積極的治療だった——個別化ウィルス注射、放射線照射、古典的で暴力的な治療すらおこなわれた——化学療法という。わたしの目のまえで夫は年老いていった。不老の泉の創設者が数カ月で数十年老いていった。

作品のまわりを歩きつづけて、正面に戻る。夫の爆発した顔をじっと見てほしい。赤剝けた燃える皮膚、まばたかぬ目、膨れあがった血管を見てほしい。年齢を読み取ることはできない。人種もわからない。表情もわからない。彼は人の本質しか残らない状態にまで茹《ゆ》でられたのだ。

喧《やかま》しい記者たちが病院の外でわたしたちをつかまえた。「これは天罰だと思いますか？　死を免れようとする愚かな行為への」質問した女性記者はマイクをわたしの顔につきつけた。わたしは自分の体を盾にしてジョンを守ろうとした。そのころにはジョンはとても衰弱しており、あと一週間ももたない様子だった。

わたしは女性記者をじっと見た——彼女は美しかった。見た目は二十五歳より上ということはなかったが、わたしは彼女に見覚えがあった。彼女は二十年以上まえわたしといっしょの大学に通っていた。ジョンの患者のひとりだった。彼女の目には恐怖があった。わたしの怒りと憎しみは溶け去った。彼女の質問は、夫に向けられたのと同時に彼女自身にも向けられていた。彼女はわたしの夫が来るべき事態の前触れであってほしくはなかったのだ。夫の手だけは表情豊かなままだった。彼の右手を見てほしい。胎児のように丸まっている。彼の左手を見てほしい。伸ばして、思いやりのない神に願いを訴えている。永遠の生命の約束を差し出したうえで、目のまえでひったくろうとする神に。

ジョンが死んだ翌日、何十年ぶりかで、わたしはスタジオに入った。はじまりを待とうとせずにはじめた。

助手はひとりも使わなかった。この作品の作業は全部、ひとつ残らず自分でやった。かつては重たかった彼の体をどうにか作業台に載せ、どうにか下ろした。わたし自身が背負わなければならない十字架だった。

手のポーズをつけるだけで一年かかった。何日もわたしはスタジオに座って、自分の指を彼の指にからみあわせ、無駄に費やした彼との時を思い出し、もう二度とやってこないいっしょの暮らしを想像し、けっして生まれないわたしたちの子どもたちを想像した。

「アダムの創造」を完成させたことで、喪失の痛みが和らいだものの、消え去りはしなかった。だが、それでジョンとの暮らしをあとにして、あらたな人生をはじめることになった。

「綺麗な手をしているね」そう言って男はわたしの向かいにある椅子に腰を滑りこませた。

わたしはカナダのノヴァスコシア州の先端にある町グレースベイの小さなバーにいた。冷たい灰色の大西洋が眺められる窓辺に座り、一世紀以上まえの炭鉱労働者たちが地下深く掘り進み、海底にトンネルを掘っているところを想像した。いまではほとんど住民のいない、この古い炭鉱の町に逃げてきたのは、『アダムの創造』で得た関心から遠ざかりたかったからだ。わたしは七十一歳で妊娠しており、少しの平穏を欲していた。

ジョンが亡くなるまえ、わたしたちは彼の精子を冷凍した。いま、第一子の誕生から半世紀以上経って、わたしはようやく用意を整えた。

だけど、わたしの見た目はまだ三十歳で、そのため開けっぴろげで血色の良い顔をして、もじゃもじゃの赤ひげと屈託のない笑顔と快活な声のこの男性は、わたしと親しくなりたがっていた。彼は五十代なかばという見た目で、たぶんそれが実年齢なのだろう。ボディ＝ワークスを利用できるような金がある人間には見えなかった。

わたしは自分の手を見下ろした。並んで丸くなり、暖かさを求めて体を寄せ合っている鳩のつがいに見えた。「ひとりでいたいの。ごめんね」

男はうなずき、椅子を回転させて、窓のほうを向いた。両脚を低い窓枠に上げ、パイプを取り出すと吸いはじめた。

わたしの父とジェイムズはふたりとも喫煙者だったが、もう何十年も煙草を嗅いだことがなかった。その香りが心安らぎ、甘いものだと気づいた。とっくの昔に忘れてしまった思い出のように。

だが、わたしの目をとらえたのは男の手だった。タコができ、関節は冷たい海で働いたことで節くれ立って、膨れあがっていた。いっしょに仕事をしてきた仲間の手とはまったく異なっていた。書類や電子や記号を操っていた男や女の手とはちがっていた。

そしてその手がとっているポーズに見覚えがあった。砂に置かれた蟹の爪のようだった。

「あなたは何者?」わたしは訊いた。だが、訊かなくともわかっていた。


「あんたに連絡を取りたいとは思わなかった」チャーリーは言った。「あんたからなにかを欲しがっていると思われたくないからな。遠くから見守っていた」

自分の息子に対してぎくしゃくした思いを抱いた。見知らぬ相手ではないのに見知らぬ相手だった。最後に彼を見たとき、彼はまだ世界に気づいていなかった。彼にわかっていたのは、画一的な塊になっている色と音、晴れた日の温もり、夜明けまえの拒絶の冷たさだけだった。

それなのにいま彼はわたしより年配に見えた。

「爺さんと婆さんはあんたが死んだとおれに話した。だけど、十二歳のとき、修学旅行でサンフランシスコにいったんだ。何人かの友だちとおれは、ボディ=ワークスのスタジオを見学したかった」

はるか昔の会社に入った初期のころの記憶を引きずりだした。わたしは学校の見学ツアーを担当するという仕事の割り当てを楽しんでいなかった。子どもたちがまわりにいて心安まったためしがなかった。

「あんたはプラスティネーションの仕組みと、なぜそれが重要なのか、医学研究や教育にどんな役に立っているのか説明してくれた。おれはすぐにあんただとわかった。家にあった写真を見ていたから。

あんたはとても熱心だった。皮を剝がれた一組の手の美しさを、筋肉と骨と神経がいかに驚異的なエンジニアリングの産物なのかをおれたちに見せてくれた。あんたが自分の仕事を愛しているのがわかった。どれくらいあんたが幸せなのかがわかった」

あの当時、自分が幸せだったのを覚えていなかった。とはいえ、われわれは失われるまで幸せに気づかないことがよくある。

「そのあと、おれはあんたが大切な仕事があるので、出ていったんだという物語をこしらえた。偉大な科学者や兵士のようにな。あんたがおれを置いていったのは、偉大な芸術作品を仕上げる必要があったからだ、と。それが仕上がればあんたはおれを探しにやってきてくれる、と」

わたしはチャーリーを見ていなかった。

「だけど、あんたはおれを迎えにきてくれなかった。いたるところで、有名な旦那の隣にいるあんたの名前や写真を見たよ。あんたたちは世界に永遠の若さといつまでもつづく生命を与えた魔法のカップルだった。なのにあんたは一度もおれに時間を割いてくれなかった」

「あなたの人生を邪魔したくなかったの」わたしは言った。「あなたの愛情を受ける権利があるようなふりをして」

声から辛辣な熱を消し、彼は話をつづけた。「邪魔されるようなものはなにもなかった。おれはあんたを待っていたんだ」

そのとき、若者のときのチャーリーは、いまわたしに対しているのとおなじように父親に対して腹を立てていたのだろうか、と思った。チャドとわたしは別れて以来一度も直接会っていなかった。チャドは一度だけ、治療の可能性について手紙を及び腰で書いてきた。その便箋のレターヘッドにはどこかの偉そうな感じがする法律事務所の名前が記されていた。わたしはその手紙を千切って捨てた。

息子は自分を捨てた女を、おなじことをした男よりも厳しく指弾するのだろうか、とわたしは自問したが、すぐにそういう問いがどれほど身勝手なのか悟った――彼は父親がだれなのか知らないけれど、わたしが何者なのか知っているのだ。父親は死すべき存在である一方、わたしはこの世で無限の時間を持っている。

ごめんなさい、とわたしは言いたかった。だけど、謝らなかった。そのとき感じている気持ちを表す言葉のないときがときどきある。

「婆さんが死んだとき、あんたは戻ってこないだろうとはっきり思った」

わたしはブルッと身震いした。わたしが時間を止めてからそれはたくさんの人が亡くなっていた。なのにわたしはずっと待ちつづけた。

「数年して爺さんも死んだ。そのときになってはじめておれは自分がどれほどバカだったかわかったんだ。あんたはおれに命を与えてくれたけど、おれはあんたを所有しているわけじゃない。愛は重力じゃないんだ——つねにそこにあり、正確に計算できるものと思いこんではならない、と。待つかわりにおれは自分で自分の人生を築くべきだった、と」

あなたはまさしくわたしの息子だわ、とわたしは言いたかった。おなじ失敗すら犯している。

「大西洋で漁をしているトロール船の漁師に加わった。おれは自分の手を使って仕事がしたかった。危険な仕事をやりたかった。できるだけ永遠の若さから遠ざかっているものを。おれはあんたのことを忘れたかった。そして忘れた。自分を哀れに思うのを止めたんだ。

だが、そのときあんたの旦那が亡くなったのを耳にした。旦那を覚えておこうとしてあんたがなにをしているかを読んだ。苦しんでいるあんたを見て、おれは思った。ひょっとして、いまなら会いにいってもかまわないかもしれない。ひょっとして、おれはもう彼女を憎んでいないかもしれない。おれが彼女を必要としているよりも彼女のほうがおれを必要としているかもしれない、と」

ひざの上でわたしの両手が震えていた。じっとさせておこうと懸命になっていたにもかかわらず。

「おれはあんたの家にいき、ハウスキーパーに自分がだれなのか話した。彼女はおれを一目見て、ここにいくように言ってくれた」

わたしはようやく彼を見た。ほんとうに彼を見た。息子の顔のなかでわたし自身の目がわたしを見ていた。

キャシーはチャーリーの五十六歳年下の妹だった。

わたしは娘を抱き、顔を覗きこみ、ジョンの面影を探し、見つけた。

「あんたに良く似てるぜ」チャーリーが言った。

わたしはまた見た。息子の言うとおりだとわかった。なんの魔法もなく、物の見方の重大な転換もなかった。だけど、心のなかに感じている温もりがあり、けっして止まらない雫《しずく》のような愛があった。

怯えた十六歳の少女のわたしのなかに呼び起こし、見出すことができなかったものが、七十二歳の女のわたしには容易にやってきた。わたしに必要なのは、命を受け止める能力だった。それを教えてくれるには夫の死が必要だった。

チャーリーはそばにいて力を貸してくれた。彼は妹の扱いが上手だった。キャシーは食べ物の好き嫌いが多かったけれど、チャーリーは自分が食べているものはなんでも彼女に食べさせることがいつもできた。キャシーはお昼寝をするのが好きじゃなかったけれど、チャーリーはタコだらけの大きな手で軽く背中を撫でてやって、妹を寝かしつけることができた。ひょっとして歴史上もっとも奇妙な肉親同士かもしれないふたり――彼らのような肉親はボディ＝ワークスが処置を続けていけばもっとありふれたものになるのは確かだった――を見ながら、わたしは自分の娘がどのように世界を見るのだろうかと想像した。

キャシーはわれわれが死に勝利を収めたことを当然のことと受け取るだろうし、これまで生きていた人類の大多数が永遠に死んでしまったことを奇妙に思うだろう。

われわれはおたがいを永遠に知るようになるかもしれなかった。

「またデートをすべきだよ」そう言ってチャーリーはほほ笑もうとした。「お袋、あんたを愛してる。だけど、もっと外に出ないとだめだ」

わたしの息子はわたしよりはるかに年上に見えるので、彼がわたしに助言するのがとてもあたりまえに思えた。

チャーリーはもうあまり動きまわることができなくなっていた。脳梗塞で左半身が麻痺していた。

彼はわたしがする若返り処置の申し出をずっと拒みつづけた。はじめるのが遅くなればなるほど、処置がうまくいく可能性が低くなるのだと何度も言った。だけど、彼はいつも首を横に振って、ほほ笑み、「一度の人生でおれにはもう充分すぎる」と言うのだった。

キャシーがチャーリーの手を取った。チャーリーの手は老人斑がいっぱい浮いて、皮膚が革のようになっていた。キャシーの手は陶器のようにすべすべで、染みや傷はひとつもなかった。

わたしは生まれたときから入念な計画に従ってキャシーにアンチエイジング処置を施した。発達を阻害しないが、その最高点で彼女のシステムを凍結させるよう計算して。幸いにも、ジョンを殺した遺伝子はキャシーには受け継がれていなかった。わたしの娘と彼女の同世代の人間は、これまで生きてきたなかで最高に健康的な人類になるだろう。

「おれたちのように年齢差が大きな肉親は、普通はあまり親しくないんだがな」チャーリーは言った。

「でも、あたしたちには共通の物語があるもの」キャシーが言った。愛情をこめてキャシーはチャーリーの薄くなった髪に指を走らせた。まるで一羽の鳩が砂丘に生えた草のなかをかすめ飛んでいくように。

わたしは息子がわたしを必要としなくなってずいぶん経ってから彼を愛することを学んだ。そのため、彼へのわたしの愛は、はるかに純粋で、なおかつ、砂浜で陽に晒《さら》されてもろくなった骨のように不確かなものに感じられた。

わたしは身をかがめて、チャーリーの額にキスをした。彼には死の臭いがしなかった。充たされている香りがした。

「死の尊厳は、死をまえにしてわれわれが感じる無力さを取り除くためにでっちあげた神話だ」かつてジョンがわたしに話してくれた。だけど、彼はすべてを知っていたわけじゃなかった。知ることができるほど長く生きられなかった。

わたしの息子は眠っていたが、起きなかった。そしてわたしの人生はまた終わった。

キャシーはわたしにチャーリーの助言に従うようしつこく迫った。結局のところ、わたしは齢《よわい》一世紀に近かったけれど、体は若い女性のままだった。ときおり、キャシーはわたしをいっしょに外出させた。わたしたち母娘は、姉妹に見えた。

ボディ＝ワークスと競合他社が処置費用を安くしつづけた結果、わたしのような年を取らない男女がどんどんあたりまえになっていった。常緑革命の贈り物を世界の貧しい国々に分け与えるやり方や、人々が年を取らず、死ななくなったときの人口成長をどう抑制するかについて議論が盛んになっていた。宇宙に入植する話も再燃していた。今度はもっと真剣に。

だが、そうした熱狂にもかかわらず、わたしは自分が繋がりを切られ、漂っている気がしていた。世界は大小さまざまな形で変化したが、そのどれもわたしの心を動かさなかった。自分がなにを探しているのかわからなかった。喪失に、愛していた人々が死ぬのを見ることにただただうんざりしていた。ひょっとしたら、あらゆる若返り処置にもかかわらず、わたしは心のなかで年老いすぎていたのかもしれなかった。

「昔のようなクッキーは作らないのね」わたしは言った。小さなデザートショップが提供するものは、美味しかったけれど、満腹感をくれなかった。トランス脂肪酸たっぷりのクッキーがないのをときどき残念に思った。

「昔風のデザートが手に入る場所を知ってますよ」わたしたちのテーブルにひとりの若者が立ち止まった。彼の視線はわたしをとらえ、動こうとしなかった。

キャシーは適当な言い訳をこしらえて、カウンターにいった。わたしは彼女が笑みを隠そうとしているのを見た。

若者はキャシーと同い年くらいで、とてもエネルギッシュで、期待感に充ちあふれていた。

「見た目よりわたしは歳なのよ」わたしは言った。

「ぼくらはみんなそうですよ」そう言って唇をめくる様子にわたしの心が蕩《とろ》けた。そんなことありえるとは自分でももう信じていなかった形で蕩けたのだ。


デイヴィッドは生命延長を信じていなかった。

「死は生命がこれまで発明してきたなかでもっとも偉大なものだ」彼は言う。「毎日、毎秒、自分が死ぬんだと思い出すことで、ぼくは自分を脅かしていることをやる、心臓がどきどきし、呼吸がはやくなることをやるんだ。自分が年を取って死ぬのを思い出したから、あの日、きみのところにいったんだ」

彼の両手は大胆に宙を動きまわり、けっして止まらず、けっして休まなかった。

わたしはジョンと過ごした終わりのない日々を思い返し、そのなかで覚えている日がひどく少ないのに気づいた。自分にはこの世で自由になる時間がたくさんあると思ったため、結局わたしはなにもしなかった。わたしは自分の人生を浪費した。選択肢を諦めるのが怖かったからだ。繭につつまれた蚕のように、自分の人生をプラスティネーションしてしまったのだ。

世界じゅうで、人生は永遠につづいていたが、人々はより幸せになったわけではなかった。人々はいっしょに年を取らなくなった——いっしょに成長しようとしなくなった。結婚している夫婦はおたがいの誓いを変えた。もはやふたりをわかつのは死ではなく、退屈だった。

わたしの一番下の娘セーラは、チャーリーが生まれたのとおなじ日に生まれたが、ただし百年後のおなじ日だった。

セーラのあとにつづく子どもはもうないだろう。わたしは処置を止める決断を下していた。わたしはセーラが成長し、自分の人生を生きるのを見守るつもりだ。セーラの父親であるディヴィッドとともに年を取り、たがいの変化を喜ぶつもりだ。そのときがきたらわたしは死ぬ。やりたかったあらゆることを達成することはなく、見たかったあらゆるところを見ることはなく、知るべきあらゆることを学ぶことはなく、だけどひとりの女性として充分すぎる経験をして死ぬのだ。わたしの人生は、はじまりと終わりのある、円弧《アーク》になるだろう。

「ぼくのためにそういうことをするのはやめてくれ」デイヴィッドは言った。「きみの人生であり、きみが選択すべきだ」

彼が言いたいのは、きみは自由にならなければならない、ということだった。

そしてわたしは自分のお気楽な遍歴と自分の厄介な愛、誇らしい作品、とるにたりない後悔、大げさな仕草、ちっぽけで単純な喜びのことを思う。わたしは自分がなにを欲しているか知っている。それがわたしの手足のなかで、潮が寄せてくる砂浜を小走りに蟹が走っていくように小刻みな震えを与えているのを感じる。

「自分のためにやるつもり」わたしはディヴィッドに言った。「わたしたちはたがいを所有しているわけじゃない。だけど、おたがいのためにそこにいたいの」

キャシーはわたしを説得して止めようとした。いっしょにポーチに座り、トレイに載せたクッキーとピッチャーに入れたレモネードを分け合った。夏だった。雷雨が過ぎていった直後、世界が古くもあり同時に新しくも思える時間だった。

「死のない人生は変化のない人生というのは、真実じゃない」キャシーは言った。「恋に落ち、愛を失うこともある。すべての恋愛と結婚に、すべての友情ときまぐれな出会いに、円弧《アーク》があるの。はじまりと終わりが。寿命が。死が。もしあなたの求めているものが喪失なら、あなたがすればいいのは、待つだけ」

わたしの娘は頭が良い。そして彼女にとって、いまの話はほんとうのことかもしれない。だけど、彼女はわたしとは異なる世界で成長した。モーゼは約束の地に入れなかった。わたしは終わりのない時間の生き方を学べない。

わたしに年を取って死ぬ決断をさせたのは愛ではなかった。時間から自由になりたいという願望だった。何度も何度もはじめなければならないことから自由になりたかった。「わたしは自分の数多い人生のなかであまりに長く待ってきたの」わたしは言った。「わたしたちに割り当てられた時間で終わらなければならないことがいくつかある」

「じゃあ、いままで生きてきたなかで最年長の女性は、永遠に生きるチャンスを得た最初の女性は、それを諦める最初の人間にもなるのね」キャシーは言った。彼女はわたしを強く抱き締めた。「あなたに死んでほしくない。死が生に意味を与えるというのは神話だわ」

キャシーが一度も会ったことのない父親とそっくりのことを口にできたのは謎だった。「もしそれが神話なら、それはわたしが信じている神話なの」

わたしは抱擁から離れ、目のまえに両手を掲げた——祈りのためではなく、身を守るためでもなく、説明するために——円弧《アーク》をこしらえるために。わたしの両手の指先は触れそうで触れなかった。

信仰に関わるあらゆる事柄とおなじように、理性に基づく議論で橋をかけられない飛躍がつねに最後にある。

だけど、何十年かぶりにわたしは創造する衝動を、作品を作る衝動を覚えた。

そしてこれがわたしが記者に語る物語だ。彼らの人間的興味を惹く記事のために。わたしの最後の作品はプラスティネーションではない。静止は真の死ではない。

そのかわり、ボディ＝ワークスの協力を得て、わたしは自分の老化を詳細に記録している。日々、高精度スキャンがすべての劣化していく感覚、すべての衰えていく器官、すべての機能の喪失を追っている。わたしの記録は、人体の死への旅をいまだかつてないほどもっとも完全な形で残すものになるだろう。存在についての嘘偽りのない真実のため、長く漸進的な幻想の剝奪の記録だ。甘いものではない——目を楽しませるものではないし、ときにはつらいものかもしれないし、往々にして退屈なものになるだろう。だけど、それがわたしの人生であり、まぎれもない真実なのだ。

いつか、わたしの子どもたちの子どもたちは、こんなべつの存在モードを考えるのが不可能になるかもしれない。生と死の括弧でくくられたこんなに短く、閉ざされた期間しか生きられないなんて。もしかしたら、わたしの経時的な記録は、あらゆる芸術作品とおなじように、理解の隙間に橋をかけてくれるかもしれない。

記者たちがいってしまうと、わたしは砂浜にいるデイヴィッドと子どもたち——セーラの子どもやキャシーの曾孫たち——に加わる。わたしはデイヴィッドの手を握る。わたしたちの皺だらけの手は冷たくもあり温かくもある。美しい午後だ。綺麗な貝殻を取り合い、砂に残していくわたしたちの足跡で模様を描くのにはうってつけだ。

子どもたちの矢継ぎ早の笑い声は、永遠の海の唸りよりもわたしの耳に大きく響く。

紙の動物園

ぼくの一番古い記憶は、ぐずぐず泣いているところからはじまる。母さんと父さんがどんなになだめようとしても、泣くのをやめなかった。

父さんは諦めて寝室から出ていったけど、母さんはぼくを台所につれていき、朝食用テーブルにつかせた。

「看《カン》、看《カン》」そう言うと母さんは、冷蔵庫の上から一枚の包装紙を引っ張って手に取った。永年、母さんはクリスマス・ギフトの包装紙を破れないよう慎重にはがし、冷蔵庫の上に分厚い束にして溜めていた。

母さんは紙を裏がえしてテーブルに置くと、折りたたみはじめた。ぼくは泣くのを止め、興味津々の面持ちでその様子をうかがった。

紙をひっくり返し、また折る。折り筋をつけ、つぶし折り、折りこみ、まわし、つまんで、ついにはすぼめた両方のてのひらのなかに紙が見えなくなった。それから折りたたんだ紙を口元に持っていくと、風船のように息を吹きこんだ。

「看《ほら》」母さんは言った。「老虎《ラオフー》（この場合の「老」には、老いるの意味はなく、親しみをこめた「虎さん」くらいの意味）だよ」両手をテーブルに置いてから離した。

小さな紙の虎がテーブルの上に立っていた。拳をふたつ並べたくらいの大きさだ。虎の皮は包装紙の模様がついていて、白地に赤い棒飴と緑色のクリスマスツリーが描かれていた。

母さんが創りだしたものにぼくは手を伸ばした。尻尾がひくひくと動き、指で触るとじゃれ動いた。「ウォーーー」虎は唸った。猫の声と新聞が擦れ合う音の中間のような声だった。ぼくは笑い声をあげ、びっくりして、人差し指で虎の背を撫でた。紙の虎は喉を鳴らし、指の下で震えた。

「這叫折紙《チャア・チャオ・チャーチー》（これは折り紙《オリガミ》というもの）」母さんは言った。

そのときはわからなかったのだけど、母さんの折り紙は特別だった。母さんが折り紙に息を吹きこむと、折り紙は母さんの息をわかちあい、母さんの命をもらって動くのだ。母さんの魔法だった。

父さんはカタログで母さんを選んだ。

ぼくが高校生だったころ、それについて詳しいことを教えてほしいと父さんに頼んだ。父さんはぼくが母さんとまた話すようにさせようと骨を折っているところだった。

父さんは一九七三年の春に紹介会社と契約を結んだ。一ページに数秒も時間をかけずにカタログのページをどんどんめくっていき、やがて母さんの写真に目が留まった。

その写真をぼくは一度も見たことがない。父さんはどんな写真だったのか説明してくれた——母さんは椅子に腰掛け、体を斜めにしてカメラに向けていた。タイトな緑色の、絹のチャイナドレスを着ていた。顔はカメラに向けられており、豊かな長い黒髪が肩から胸にかけて垂れていた。落ち着いた子どものような目で父さんを見つめていた。

「カタログの最後のページにその写真が載っていたんだ」父さんは言った。

カタログの記載によると、写真の女性は十八歳で、ダンスが趣味、香港出身のため英語が堪能とのことだった。どれも事実ではないことがのちに判明した。

父さんは母さんに手紙を書き、紹介会社がおたがいの手紙のやりとりを仲介した。やがて父さんは母さんに会いに香港に飛んでいった。

「紹介会社の人間が母さんの返事を英語に訳して書いていたんだ。〝ハロー〟と〝グッドバイ〟以外の英語を母さんはまったく知らなかった」

買われていくために自分をカタログに載せるような女性は、どんな人間なのか？　高校の教育は、あらゆることを自分は充分知っているのだと思わせた。軽蔑がワインのようにするすると喉を滑り落ちていった。

金を返せと事務所に押しかけるかわりに、父さんはホテルのレストランのウエイトレスに金を払って、ふたりのために通訳をさせた。

「父さんがしゃべっているあいだ、母さんはじっとこちらを見ていたんだ。怯えとも期待ともつかぬ目で。ウエイトレスがこちらの言ったことを通訳しはじめると、母さんはゆっくりとほほ笑みだした」

父さんはコネチカットに飛んで戻り、母さんを呼び寄せるための書類申請をはじめた。一年後、ぼくが生まれた。寅年だった。

ぼくの願いに応じて、母さんは、包装紙で山羊と鹿と水牛を折ってくれた。連中は唸りながら追いかけてくる老虎《ラオフー》に追われて、リビングを走りまわった。老虎が山羊たちをつかまえると、押しつぶして空気を追いだしてしまうのが常だった。するとぺしゃんこになって、ただの折りたたまれた紙になってしまうのだ。そうなるとまた走りまわれるよう、ぼくが息を吹きこんで膨らませてやらねばならなくなった。

ときどき、紙の動物たちは、困った事態に陥った。一度、水牛が夕食時にテーブルの上の醤油皿に飛びこんだことがあった（本物の水牛のように、ぬた場で転げまわるのが好きなのだ）。ぼくは急いでつまみ上げたけど、毛細管現象で黒い液体が水牛の四肢の上まで滲みこんでいた。醤油で柔らかくなった脚は、体を支えることができず、水牛はテーブルの上で倒れた。ぼくは陽にあてて乾かしてやったが、その事故のあと、水牛の脚は曲がってしまい、脚をひきずりながら走りまわるようになった。結局、母さんが、水牛の脚をサランラップで包んでやり、心ゆくまで（醤油のなかでないかぎり）水のなかで転げまわれるようにしてやった。

また、老虎《ラオフー》は、裏庭でぼくと遊んでいるとき、スズメに飛びかかるのが好きだった。だけど、あるとき、追いつめられたスズメが必死に反撃し、老虎の耳を引き裂いた。老虎は情けない声をあげ、ぼくが抱えあげるとびくっと震え、母さんがテープで耳をつなぎ合わせてやった。それからというもの、老虎は小鳥を避けるようになった。

またある日、鮫を題材にしたドキュメンタリー番組をＴＶで見て、ぼくは自分も鮫が欲しいと頼んだ。母さんは鮫を折ってくれたけど、鮫はテーブルの上でみじめにばたばたと動くだけだった。ぼくは流しに水を溜めて、鮫を入れた。鮫は嬉しそうにぐるぐると泳ぎまわった。けれども、しばらくすると、水が滲みこんで、鮫は半透明になり、折り目がほどけていき、ゆっくりと流しの底に沈んでいった。ぼくは手を伸ばして鮫を救おうとしたけれど、手のなかにあるのは、濡れた一枚の紙になってしまっていた。

老虎は、流しの端に前脚を揃えて置き、その上に頭をのせた。耳を垂れ、低く喉を鳴らした。その様子にぼくは自分が悪いことをしたような気になった。

母さんは新しい鮫を折ってくれた。今度は、アルミホイルでこしらえてくれた。その鮫は大きな金魚鉢のなかで、楽しそうに暮らした。老虎とぼくは、金魚鉢のそばに座って、アルミホイルの鮫が金魚を追いまわしている様子を眺めるのが好きだった。金魚鉢に顔を押しつけて向こう側からぼくをじっと見ている老虎《ラオフー》の目は、コーヒーカップの大きさくらいになっていた。

ぼくが十歳になったとき、ぼくらは町外れの新しい家に引っ越した。近所に住むふたりの女性が歓迎の挨拶をしにやってきた。父さんはふたりに飲み物を出すと、前の住人が残していった未払い料金を精算するために、ガス水道電気会社にひとっ走りしてこなければならないことを詫びた。「くつろいでください。妻はあまり英語が得意じゃなく、おふたりに話しかけないのは、けっして礼儀を知らないからじゃないんですよ」

ぼくがダイニングで本を読んでいるあいだ、母さんは台所で荷解きをしていた。近所のおばさんたちはリビングでおしゃべりをしていて、とりたてて声を潜めようともしていなかった。

「ごく普通の人に見えるのにね。どうしてあんなことをしたのかしら？」

「混血ってけっしてうまくいかないみたいよ。あの子は発育不全っぽい。吊り目でしょ、しらっちゃけた顔でしょ。まるでチビの化け物」

「あの子、英語を話せると思う？」

おばさんたちは口をつぐんだ。ややあって、ふたりはダイニングに入ってきた。

「こんにちは！　お名前はなんていうの？」

「ジャック」ぼくは言った。

「あまりシナ人ぽくない発音だわ」

そのとき、母さんがダイニングに入ってきた。ふたりのおばさんにほほ笑みかける。三人の女性は、ぼくを囲む三角形をこしらえて立ち、ほほ笑み、うなずきあうものの、父さんが戻ってくるまで、なんの話もしなかった。


近所に住む男の子のひとり、マークがスター・ウォーズのアクションフィギュアを持ってやってきた。オビ＝ワン・ケノービは、ライトセーバーを光らせ、両腕を振りまわして、小さな声で「フォースを使え！」と言うことができた。ぼくにはそのフィギュアはちっとも本物のオビ＝ワンに似ていないように思えた。

マークといっしょに、ぼくは、オビ＝ワンのフィギュアがコーヒーテーブルの上でそのパフォーマンスを五回繰り返すのを見た。「ほかになにかできないの？」ぼくは訊いた。

マークはぼくの質問にむっとした。「細かいところまでよくできているだろ」マークは言った。

ぼくは細かいところを見た。なんと答えたらいいのか、よくわからなかった。

マークはぼくの反応にがっかりした。「おまえのおもちゃを見せろよ」

ぼくは紙の動物たちしかおもちゃを持っていなかった。寝室から老虎《ラオフー》を持ってきた。そのころには、すっかりすり切れ、いたるところがテープや糊で繕《つくろ》われていた。永年にわたり、母さんとぼくがほどこしてきた修繕の跡《あと》だ。もう以前のようにすばしっこく、確かな足取りではなくなっていた。ぼくは老虎《ラオフー》をコーヒーテーブルの上に座らせた。ほかの動物たちの軽快な足音が廊下の奥から聞こえてきた。おずおずとリビングを覗いているのだ。

「小老虎《シャオ・ラオフー》」そう言ってから口をつぐむ。英語に切り換えた。「これは虎なんだ」用心しつつも、老虎は大股で歩き、マークに向かって喉を鳴らし、手のにおいを嗅いだ。

マークは老虎の皮であるクリスマス用包装紙の模様をしげしげと眺めた。「ちっとも虎には見えないや。おまえの母ちゃんはゴミでおもちゃをこしらえるのかよ」

老虎がゴミだと考えたこともなかった。だけど、そう言われて見てみると、老虎はただの包装紙にすぎなかった。

マークはオビ＝ワンの頭をまた押した。ライトセーバーが光を放ち、両腕を上下させた。「フォースを使え！」

老虎が振り向き、襲いかかり、プラスチック製のフィギュアをテーブルから叩き落とした。フィギュアは床にぶつかって、壊れた。オビ＝ワンの頭がカウチの下に転がりこんだ。「ウォーーー」老虎は笑い声をあげ、ぼくもいっしょになって笑った。

マークに思い切り殴られた。「高かったんだぞ！　もうお店では手に入らないんだ。おまえの父ちゃんが母ちゃんを買うのに払ったよりも高かったかもしれない！」

ぼくはよろけて、床に突っ伏した。老虎が唸ると、マークの顔めがけて飛びついた。

マークは悲鳴をあげた。痛みより、恐怖と驚きのせいだった。そもそも、老虎《ラオフー》はただの紙で出来ているにすぎない。

マークは老虎をひっつかんだ。マークが片手で握り潰し、半分に引きちぎると、老虎のうなり声が途中で切れた。マークは二枚になった紙を丸めて、ぼくに投げつけた。「ほら、くだらなくて安っぽい中国製のクズを食らえ」

マークが立ち去ると、ぼくは長い時間をかけ、紙を伸ばし、テープで貼り合わせ、折り目に従ってもう一度老虎を折ろうとしたがうまくいかなかった。ゆっくりとほかの動物たちがリビングにやってきて、ぼくらを、ぼくと、老虎だった破れた包装紙を囲んだ。

マークとの喧嘩はそこで収まらなかった。マークは学校で人気者だった。あのあとの二週間のことは、二度と思い出したくない。

その二週間が経った最後の金曜日、学校から帰ってきたぼくに母さんが訊いた。「学校《シュエシャオ》好嗎《ハオマ》?」ぼくはなにも言わずにバスルームに向かった。鏡を覗きこむ。ぼくはどこも母さんに似ていない、いい、いい、いない、いい、どこも。

夕食のとき、ぼくは父さんに訊いた。「ぼくの顔はチャンコロみたいなの?」

父さんは箸を置いた。学校でなにがあったのか父さんに話したことは一度もなかったけれど、父さんはわかったようだった。目をつむり、鼻梁をこする。「いや、ちがうよ」

母さんはわけがわからず、父さんを見た。ぼくに訊く。「啥叫《シャー・チャヤオ》チャンコロ？」

「英語」ぼくは言った。「英語で言って」

母さんは英語で言おうとした。「なにあるよ？」

ぼくは箸と皿を押しのけた――牛肉とピーマンの五香粉炒め。「うちではアメリカの料理を食べないと」

父さんが言い聞かせようとした。「ときどき中華料理を作る家は多いぞ」

「うちはほかの家とちがうよ」ぼくは父さんをにらみつけた。「ほかの家には、ここにいるべきでない母さんはいない。」

父さんは目を逸らした。そして母さんの肩に手を置いた。「料理本を手に入れてあげよう」

母さんはぼくのほうを向いた。「不好吃《プー・ハオ・チ》（おいしくないの）？」

「英語」ぼくは声を大きくして言った。「英語を話して」

母さんは手を伸ばして、熱を測ろうと、ぼくの額に触れようとした。「発焼啦《ファシャオ・ラ》（熱があるの）？」

ぼくは母さんの手を払いのけた。「熱なんかない。英語を話せってば！」ぼくは怒鳴っていた。

「英語を話してあげるんだ」父さんは母さんに言った。「いつかこんなことになるとわかっていただろ。なにを期待していたんだ？」

母さんは両手をだらんと下げた。座ったまま、父さんからぼくに視線を移し、また父さんを見た。母さんは口を開こうとして止め、また開こうとしてまた止めた。

「英語を話さないと」父さんは言った。「わたしはきみを甘やかしすぎた。ジャックはまわりに合わせていかないとだめなんだ」

母さんは父さんを見た。「もしわたしが〝ラヴ〟言うと、ここに感じます」母さんは自分の唇を指した。「もし〝愛〟言うと、ここに感じます」自分の心臓の上に手を置いた。

父さんは首を振った。「きみはアメリカにいるんだ」

母さんは椅子の上で肩を落とした。よく老虎《ラオフー》に襲いかかられて、命の空気を押しだされていた水牛のように見えた。

「それにぼくはほんとうのおもちゃが欲しいんだ」

父さんはスター・ウォーズのアクションフィギュアの完全揃いセットを買ってくれた。ぼくはオビ＝ワン・ケノービをマークにあげた。

ぼくは紙の動物たちを大きな靴箱にしまいこみ、それをベッドの下に置いた。

翌朝、動物たちは靴箱から逃げだして、ぼくの部屋のそれぞれのお気に入りの場所に戻っていた。ぼくは全員をつかまえて、靴箱に戻し、蓋をテープで留めた。だけど、動物たちは箱のなかでとてもうるさく音を立てたので、ぼくの部屋からできるだけ遠くにある屋根裏部屋の隅に押しこんだ。
母さんが中国語で話しかけようものなら、ぼくは返事をしなかった。しばらくして、母さんは英語をもっと使うようになった。だけど、訛りや文法間違いが聞くに堪えなかった。ぼくは訂正しようとした。やがて、母さんはぼくがそばにいるときには、まったく話さなくなった。

母さんは、ぼくになにかを知らせる必要がある場合には身振りで伝えようとしだした。TVでアメリカ人の母親がやっているのを見て、ぼくをハグしようとした。その仕草は、わざとらしく、ぎこちなく、滑稽で、みっともなく思えた。母さんはぼくがきまり悪そうにしているのを見て、途中でやめてしまった。

「そんなふうに母親をじゃけんにしてはいかん」父さんは言った。だけど、そう言いながらも、ぼくの目をまっすぐ見られずにいた。中国の農民の娘を連れてきて、コネチカットの郊外暮らしに適応させようとしたのはまちがいだと、父さんは心の奥底で悟っていたのにちがいなかった。

母さんはアメリカ流の料理を学んだ。ぼくはTVゲームをやり、フランス語を習った。

たまにではあったけど、母さんがキッチンテーブルで、包装紙の裏側をしげしげと眺めているのを見かけることがあった。そのあと、あらたな紙の動物がぼくのナイトスタンドに姿を現し、ぼくに寄り添おうとした。ぼくは連中をつかまえ、つぶして空気を押しだし、屋根裏の靴箱にしまいこんだ。

ぼくが高校生になったころ、母さんはついに動物をこしらえるのをやめた。そのころには、母さんの英語はずいぶんましなものになっていたけれど、どんな言語を使ったとしても、母親の言うことに興味を持たない年齢にぼくはなっていた。

ときどき、家に帰ると、母さんが小柄な体で台所をせわしなく動きまわり、中国語の歌を口ずさんでいるのを見かけることがあった。あんな女性が自分を生んだとは信じがたかった。ぼくらはなにひとつ共有しているものがなかった。母さんは月からきた人間みたいなものだった。ぼくはいつも自分の部屋に急いで入った。そこにいけば、どこまでもアメリカ的な幸せを追求しつづけることができた。

父さんとぼくは、病院のベッドに寝ている母さんを両側からはさんで立っていた。まだ四十歳にもなっていないのに、母さんはずっと年を取っているように見えた。

永年、母さんは、体のなかに痛みがあったのに、たいしたことじゃないと言って、医者にいくのを拒んでいた。ついに救急車で病院に運ばれたときには、癌は広がって、手の施しようがなかった。

病室にいてもぼくの心は、どこか上の空だった。大学の就職活動の最中であり、ぼくは履歴書作成や成績証明書取得にやっきになっており、面接予定を戦略的に立てていた。企業の担当者に採用してもらうためのもっとも効果的な嘘のつき方を練っていた。実の母親が死の床にあるのにそんなことを考えるのはひどいことだと頭ではわかっていた。だけど、わかっていたとしても、自分の気持ちを変えられるとはかぎらなかった。

母さんが意識を恢復《かいふく》した。父さんは両手で母さんの左手を包んだ。身をかがめて、母さんの額にキスをした。父さんは弱々しく、年老いたようで、そのありさまにぼくは面食らった。自分が母さんのことをほとんどなにも知らないのとおなじくらい、父さんのこともろくに知らないのに愕然とした。

母さんは父さんにほほ笑んだ。「だいじょうぶよ」

ほほ笑みを浮かべたまま、母さんはぼくのほうを向いた。「学校に戻らなきゃならないんでしょ」その声は、とてもか細く、体につながっている医療機器のブーンという音のせいで、聞き取りにくかった。「行って。母さんのことは心配しないで。たいしたことじゃない。学校でがんばってね」

ぼくは手を伸ばし、母さんの手に触れた。そうするのがこの場合にふさわしいことだろうと思ったからだ。ぼくはほっとしていた。帰りのフライトのことや、まぶしいカリフォルニアの日差しのことをすでに考えていた。

母さんは父さんになにか囁いた。父さんはうなずくと、病室を出ていった。

「ジャック、もし――」咳の発作に襲われて、母さんはしばらく話せなくなった。「もしわたしが……助からなくても、体を壊すほど悲しんじゃだめ。自分の人生に集中しなさい。あなたが屋根裏部屋に置いておいているあの箱を捨てずに取っておいて、毎年、清明節《チンミン》に取りだして、母さんのことを思ってちょうだい。母さんはいつもおまえのそばにいるよ」

清明節《せいめいせつ》は死者を慰める中国の祭りだった。ぼくがとても幼かったころ、母さんは、清明節に中国の亡き両親にあてた手紙をしたため、アメリカでの過去一年にわが身に起こった良い知らせを伝えるのが常だった。母さんはその手紙をぼくに読み上げてくれ、もしぼくがそれについてなにか言えば、そのことも手紙に書き添えるのだった。そして、その手紙で鶴を折り、西に向かって解き放った。ぼくらは鶴がぴんと張った紙の翼をはためかせ、はるか西へ、太平洋に向かって、中国に向かって、母さんの一族の墓に向かって旅立つのを眺めた。

最後に母さんとそんなことをしてから、長い年月が経っていた。

「中国の暦《こよみ》のことはなにも知らないんだ」ぼくは言った。「休みなよ、母さん」

「あの箱を取っておいて、たまに開けてくれるだけでいいのよ。ただ開けるだけで——」母さんはまた咳きこみだした。

「うん、母さん」ぼくは母さんの腕を恐る恐る撫でさすった。

「孩子《ハイツ》、媽媽愛爾《ママ・アイ・ニィ》……（「息子や、母さんはあなたを愛しています」の意）」咳の発作がまた襲ってきた。何年もまえの出来事が、ひとつのイメージとなって、ぼくの記憶のなかに閃いた——母さんが愛《アイ》と言って、手を自分の心臓に置いているところだ。

「わかった、母さん。もう話さないで」

父さんが戻ってきた。飛行機に乗り遅れたくないので、早めに空港にいかなきゃならない、とぼくは言った。

ぼくの乗った飛行機がネヴァダ上空のどこかを飛んでいるときに母さんは亡くなった。

母さんが死んでから、父さんは急に老けた。家は父さんには大きすぎて、売らねばならなくなった。ぼくはガールフレンドのスーザンといっしょに荷造りと掃除の手伝いをしに出かけた。スーザンが屋根裏部屋で例の靴箱を見つけた。とても長いあいだ、屋根裏の断熱材の入っていない暗闇のなかに隠されていた紙の動物たちは、紙がもろくなって、包装紙の明るい模様が色あせてしまっていた。

「こんな折り紙、見たことない」スーザンは言った。「あなたのお母さんって、すばらしいアーティストだったんだ」

紙の動物たちは動かなかった。たぶん彼らを動かしていた魔法がどんなものであれ、母さんが死んで止まってしまったんだ。あるいは、紙でこしらえたものがかつては生きていたとぼくが勝手に想像していただけなのかもしれない。子どもの記憶など、あてにはならない。

母さんの死から二年たった四月最初の週末のこと。スーザンは経営コンサルタントとしての終わりのない出張で町を出ており、ぼくは家にいて、自堕落にＴＶのチャンネルを適当に変えていた。

鮫を扱ったドキュメンタリー番組に目が留まった。ふいに心のなかに、母さんの手が浮かびあがった。両手でアルミホイルを何度も折り返し、ぼくに鮫をこしらえてくれていた。老虎《ラォフー》とぼくがその様子を見つめている。

カサカサと音がした。顔を起こすと、包装紙と破れたテープでできた球状のものが、本棚の隣の床の上にあった。ぼくはそれを拾い上げてクズ籠に入れようと近づいた。

球状の紙が動いて、ひとりでに広がった。見ると、老虎だった。長いあいだ、一度も思い出したことがなかった。「ウォーーー」ぼくが諦めたあとで、母さんが直してくれたにちがいない。老虎は記憶にあるよりずっと小さかった。あるいは、あの当時、ぼくの拳がずっと小さかったせいかもしれない。

スーザンは紙の動物たちをぼくらのアパートのなかに装飾品として置いていた。きっと老虎はいちばん目立たない部屋の隅に置いていたんだろう。ひどくみすぼらしい姿だったからだ。

ぼくは床に腰を下ろし、指を一本伸ばした。老虎の尻尾がピクッと動き、じゃれて指に飛びついた。ぼくは笑い声をあげ、彼の背を撫でた。老虎はぼくの手の下で喉をゴロゴロ鳴らした。

「どうしてた、相棒？」

老虎はじゃれるのをやめた。体を起こし、ネコ科特有の優雅な動きでぼくのひざの上に飛び乗ると、ひとりでに折り目をほどいて広がっていった。

ひざの上には、皺の寄った四角い包装紙がのっており、裏を上に向けていた。そこには漢字が所狭しと書きつけられていた。ぼくは一度も中国語の読み方を学ばなかったものの、「息子」にあたる漢字は知っていた。その文字は、自分に宛てて書かれた手紙の場合、そこにあるだろうと予測できる冒頭にあった。母さんのへたくそな子どもっぽい筆跡で記されていた。

ぼくはコンピュータに向かい、インターネットで確認した。今日は清明節だった。

ぼくはその手紙を持って、ダウンタウンにいった。中国の団体旅行バスが停車するのを知っていたからだ。中国人の観光客ひとりひとりに、訊ねた。「儞会讀中文嗎《ニイ・フイ・ドウ・チョンウエン・マ》（中国語を読めますか）？」とても長いあいだ中国語を話してなかったので、通じるかどうか定かではなかった。

ひとりの若い女性が協力してくれることになった。ぼくらはベンチに腰かけ、彼女は手紙を読み上げてくれた。何年も忘れようとしてきた言語が蘇ってきた。手紙の言葉が体に沁《し》みこんでくるのを感じた。皮膚を通り、骨を通って、心臓をぎゅっとつかんできた。

息子へ
もう長いこと話をしていませんね。あなたに触れようとするととても怒るので、怖くてできなくなりました。それにこのごろ絶えず感じるようになったこの痛みは、とても深刻なものなんだろうなと思っています。

だから、あなたに手紙を書くことにしました。母さんがあなたのためにこしらえてあげて、あなたがむかし、大好きだった紙の動物に記すつもりです。

わたしが息をするのを止めたとき、動物たちは動くのを止めるでしょう。だけど、全身全霊をこめてあなたに手紙を書いて、この紙に、この言葉に、母さんのなにがしかを残しておくつもりです。そうすれば、亡くなった人たちの魂が家族のもとに帰るのを許される清明節にあなたが母さんのことを思いだしてくれるなら、わたしが残していくものを生き返らせてくれるはず。あなたのためにこしらえた動物たちがまた飛びはね、駆けまわり、飛びかかり、そのときにあなたはきっとそこに書かれたこの言葉を見てくれるでしょう。

全身全霊をこめて書かなければならないので、あなたに中国語で書く必要があります。

いままで一度もあなたに母さんの人生について話したことがなかったわね。あなたが幼いときには、あなたが大きくなって、理解できるようになったら話そうとずっと考えていたの。だけど、なぜだか、その機会はけっして訪れませんでした。

母さんは一九五七年に河北省四《シ》軲轆《グル》村で生まれました。あなたの祖父母はふたりとも貧農の出で、親戚はほとんどいなかったんです。わたしが生まれたほんの数年後、大飢饉が中国を襲い、三千万人が死にました。いまも覚えている最初の記憶は、目を覚ますと、母が土を食べていたのを見たというものです。そうすることでお腹を満たし、最後に残ったわずかばかりの穀物をわたしに残しておけるように。

その後、状況はましになりました。村は折り紙で有名で、母が紙の動物をこしらえて、命を吹きこむやり方を教えてくれました。これは村の暮らしのなかでは実用的な魔法だったの。畑からバッタを追い払うため、紙の鳥をこしらえ、ネズミが寄ってこないように紙の虎をこしらえていました。新年のお祝いに、友だちといっしょにわたしは赤い紙の龍を折りました。小さな龍たちが、前の年のあらゆる悪い思い出を脅して追い払うための爆竹を弾けさせながら運んで、空いっぱいに広がっていく光景をけっして忘れないでしょう。あなたもあれを見たら、気に入ったはずです。

一九六六年に文化大革命が起こりました。隣人同士が突然相手に食ってかかり、兄弟同士が裏切り合いました。だれかが、母の兄弟、わたしにとってのおじが、一九四六年に香港に向かい、そこで商人になったことを思い出しました。香港に親戚がいることは、わたしたち家族が人民にとってのスパイであり敵であることを意味し、わたしたちは大変な目に遭わねばなりませんでした。あなたのかわいそうなお祖母さんは——あの人は厳しい非難の声にたえかねて、井戸に身投げしたの。そのうえ、ある日、猟銃を持った若者たちがお祖父さんを森に連れていき、お祖父さんは二度と帰ってきませんでした。

そしてわたしは十歳の孤児になったんです。この世にたったひとり残る親戚は、香港にいるおじさんでした。ある夜、こっそり村を抜け出すと、南行きの貨物列車に潜りこんだの。

二、三日して、広東省にたどりつき、畑で食べ物を盗んでいたところを数人の男の人に捕まってしまいました。香港にいこうとしていることを話すと、彼らは笑い声をあげて言いました。
「運が良かったな。おれたちの商売は、女の子を香港に連れていくことなんだ」

彼らはほかの女の子たちといっしょにわたしをトラックの荷台に隠し、国境を越え、密出国させました。

わたしたちは、ある地下室に連れていかれ、ぴんと背を伸ばして立ち、買い手に健康で賢く見えるようにしろと命じられました。いろんな家族の人たちが、倉庫業者に料金を払い、わたしたちの品定めをして、「養子にする」ひとりを選ぶため、やってきました。

陳家がふたりの男の子の世話をさせるためにわたしを選びました。わたしは毎朝四時に起き、朝食の支度をしました。男の子ふたりにごはんを食べさせ、お風呂に入れました。食品の買い出しにでかけ、洗濯をし、床掃除をしました。男の子たちのあとをついてまわり、ふたりの言いつけに従いました。夜になると台所の食器棚に閉じこめられて眠りました。鈍くさかったり、間違いをしたりすると、叩かれました。子どもたちが悪いことをすると、叩かれました。英語を学ぼうとしているところを見つかると、叩かれました。

「どうして英語を習いたいんだ？」陳氏に訊かれました。「警察にいきたいんだろ？　そんなことをすれば、おまえが香港に不法滞在している本土人だと警察に言ってやる。警察は嬉々としておまえを監獄に放りこんでくれるぞ」

そんなふうに六年が経ちました。ある日、朝市で魚を売ってくれる年輩の女性に、脇に連れていかれ、告げられました。

「あんたのような女の子のことは、よくわかってる。あんたいまいくつだい、十六か？　そのうち、あんたを抱え人にしている男が酔っ払って、あんたを見て、引っ張りこもうとする。あんたにはどうすることもできん。そのうち、主人の嫁さんにばれる。そうなったときには、ほんとうに地獄に堕ちたと思うようになる。そうならないよう、助けてくれる人を知ってるよ」

その人は、アジア人の妻を欲しがっているアメリカの男たちの話をしてくれました。料理と掃除ができ、アメリカ人の夫の世話ができるなら、いい暮らしをさせてくれるだろう、と。それがわたしにただひとつだけある希望だったの。そんなわけで、わたしは嘘ばかり書いてあるカタログに載り、あなたのお父さんと出会いました。あまりロマンチックな話じゃないけど、それがほんとうの話。

コネチカットの郊外で、わたしは孤独でした。あなたのお父さんは親切で優しくしてくれましたし、彼にはとても感謝しています。だけど、だれもわたしのことを理解してくれず、わたしもなにひとつ理解していなかった。

だけど、あなたが生まれたの！　あなたの顔を見て、母と父と、そしてわたしの面影があるのを見て、とても嬉しかった。わたしは家族全員を失ってしまっていたの。四軲轆《シグル》村のみんなも。かつて知っていて、愛していたあらゆるものを失ってしまった。だけど、あなたが生まれた。あなたの顔は、あの人たちが現実に存在していた証。わたしが想像して作り上げたものじゃない。

わたしには話し相手ができました。あなたにわたしの国の言葉を教えるつもりだった。わたしが愛し、失ったすべてのものの小さな欠片《かけら》をふたりで作り直すことができると思った。あなたがわたしの母とわたしとおなじアクセントで、はじめての言葉を中国語で口にしたとき、わたしは何時間も泣きました。最初の折り紙の動物をあなたのためにこしらえたとき、あなたは笑い声をあげ、母さんはこの世になんの心配もないと思ったわ。

あなたが少し成長すると、あなたの父さんとわたしがたがいに話をする仲立ちをしてくれたでしょ。わたしはやっと家にいる気持ちになりました。ついに幸せな暮らしを見つけたの。両親がここにいればいいのにと願ったものです。父母のため料理をしてあげ、安楽に暮らしてもらえるように。だけど、わたしの父母はもうこの世にいません。中国人がこの世でいちばん悲しいと思うことがなんだか知ってるかしら？　孝行したいときに親は無しとわかることなの。

息子や、あなたが自分の中国人の目を好きでないのはわかっています。わたしとおなじ目だから。あなたが自分の中国人の髪の毛を好きでないのはわかっています。わたしとおなじ髪の毛だから。だけど、あなたの存在そのものが、どれほどわたしに喜びをもたらしたのか、わかってもらえるかしら？　あなたがわたしに話すのを止め、中国語であなたに話しかけさせてもらえなくなったとき、母さんがどんな気持ちだったのか、わかってもらえるかしら？　あらゆるものをもう一度失う気がしました。

どうして話しかけてくれないの、息子や？　あまりに痛くて、もう書けません。

若い女性は紙をぼくに返した。ぼくは、顔を上げて、彼女を見ることができなかった。顔を上げずに、ぼくは母さんの手紙の下に「愛」の漢字をなぞり書きする手助けをしてほしいと頼んだ。ぼくはその文字を何度も何度も紙の上に書き記し、自分のペンが記すものと母の文字をからみあわせた。

若い女性は手を伸ばし、ぼくの肩に手を置いた。そして腰を上げ、立ち去った。ぼくを母のもとに残して。

折り跡に沿って、紙をたたみ直し、老虎《ラオフー》に戻した。曲げた肘の上にのせてやると、老虎は喉を鳴らした。ぼくらは家に向かって歩きだした。

母の記憶に

十歳

パパは戸口でわたしを出迎えた。そわそわしている。「エミー、だれがきたと思う？」

パパは脇にどいた。

その人は、家のいたるところにかかっている写真にうつっているのとまったくおなじだった——黒い髪、茶色の瞳、なめらかな白い肌。でも、同時に、見ず知らずの人にも思えた。

わたしはどうしていいのかわからぬまま、通学カバンをおろした。その人は近づいてきて、かがみこみ、わたしを抱きしめた。最初は、そっと。つぎにとても強く。その人は病院のようなにおいがした。

お医者さんは、彼女の病気を治せないんだよ、とパパから聞いていた。残された時間は二年間だけだという。

「とても大きくなったわね」首にかかった彼女の息は温かくて、こそばゆかった。ふいにわたしは母親を抱きしめ返した。

ママはわたしにプレゼントを持ってきてくれた——小さすぎるワンピース、わたしの歳ではもう読まないような古くなりすぎたシリーズ本、ママが乗っている宇宙船の模型。

「わたしはとても長い宇宙旅行に出ていたの」ママは言った。「宇宙船はものすごい速さで飛んでいて、そのなかでは時間が遅くなっている。たった三ヵ月しか経っていない感じだった」

そのことはパパからあらかじめ説明されていた——そうやってママは時間をだまし、自分に残された二年間を引き延ばして、わたしが成長するのを見守っていられるようにするのだ、と。だけど、わたしはママの言葉をさえぎらなかった。ママの声を聴いているのが好きだった。

「あなたがなにを気に入るのかわからなくて」わたしのまわりに置かれたプレゼントに、ママはきまり悪くなっていた。もうひとりの子供向けの贈り物。ママの心のなかにいる娘にあてられたもの。

わたしがほんとに欲しいのは、ギターだった。だけど、パパは、ギターを弾くにはわたしがまだ小さすぎると考えていた。

わたしがもっと大きかったら、大丈夫だよと、プレゼントを嬉しいよと、ママに伝えていたかもしれない。だけど、わたしはまだ嘘をつくのがそんなに得意じゃなかった。

いつまでいっしょにいてくれるの、とわたしはママに訊いた。

答えるかわりに、ママは、「一晩じゅう起きていよう。パパがしちゃだめだとあなたに言っていることをなんだってやろうね」と言った。

わたしたちはお出かけして、ママはわたしにギターを買ってくれた。ようやくママのひざの上でわたしが眠ったのは、朝七時だった。すてきな夜だった。

わたしが目を覚ますと、ママはいなくなっていた。

十七歳

「なんであんたがここにいるんだよ?」わたしは母の顔のまえでドアを叩き閉めた。

「エミー!」パパがまたドアをあけた。まだ二十五歳で、まだ写真とそっくりそのままの姿でいる母親の隣にいるパパを見て、彼がひどく歳を取っているのをわたしはふいに悟った。

パンティーに血が付いているのを見つけて、死ぬほど怯えたとき、わたしを抱きしめてくれたのは、パパだった。真っ赤な顔をして、わたしのブラのフィッティングをしてくれるよう女性店員にもごもごと頼んだのは、パパだった。パパに向かってわめきちらしているわたしを、その場に立ったまま、抱き止めていたのも、パパだった。

(七年おきに、どこかのお伽噺の名付け親みたいに、わたしの人生にちょっとだけ顔を突っこんでくる権利なんて、あの人にはない)

しばらくして、彼女はわたしの寝室のドアをノックした。わたしはベッドから動かず、なにも言わなかった。それでも彼女は部屋に入ってきた。ここにやってくるのに何光年も横断してきたのだ。合板のドアなど彼女を止めようがなかった。わたしに会うために押し入ってきたのは嬉しかったけど、同時に腹立たしかった。とてもややこしかった。

「お洒落なドレスね」彼女は言った。わたしの卒業パーティー《プロム》のドレスがドアの裏に吊るされていた。そのドレスはお洒落だった。貯金の半分を注ぎこんだのだ。だけど、そのドレスのウエスト近くのところに、わたしはかぎ裂きを作ってしまった。

しばらくすると、わたしはベッドの上で振り返り、上体を起こした。彼女はわたしの椅子に座って、裁縫をしていた。自身の銀色のドレスからギターの形に生地を切り抜き、わたしのドレスのかぎ裂きを隠すように繕ってくれた。完璧だった。

「わたしの母親は、わたしがとても幼いころに亡くなったの」ママは言った。「どんな人だったのか、わたしは知ることがなかった。だから、なにかちがったことをしようと決めたの、わたしの……寿命がわかったときに」

彼女を抱きしめるのは、変だった。まるでわたしのお姉さんのようだったからだ。

三十八歳

ママとわたしは公園でいっしょに座っていた。赤ん坊のデビーは、乳母車のなかで眠っており、アダムはほかの男の子たちといっしょにジャングルジムで遊んでいて、嬉しくて叫んでいた。

「スコットには会えなかったわね」ママは申し訳なさそうに言った。「前回、わたしがきたとき、あなたは大学院に通っていて、まだ彼とは付き合っていなかった」

彼はいい人だったわ、とわたしは言いそうになった。たんに別れただけ。そう言うのは簡単なはず。わたしは長いあいだ、自分を含めて、だれにでも嘘をついてきた。

だけど、わたしは嘘をつくのに飽きていた。「あの人はろくでなしだった。それを認めるのに、何年もかかっただけ」

「愛はわたしたちに奇妙なことをさせるもの」ママは言った。

ママはたった二十六歳だった。わたしが彼女の歳だったとき、わたしは希望に満ちあふれていた。彼女はわたしの人生をほんとに理解できるのだろうか？

ママはパパがどのように亡くなったのか、訊いた。安らかに逝ったと、わたしは伝えた。それは真実ではなかったけれど。わたしの顔にはママよりもたくさん皺が寄っており、彼女を守らねばならない、と感じた。

「もう悲しい話はしないでおきましょう」ママは言った。わたしはママが笑えることに腹を立て、同時に、彼女がわたしといっしょにいてくれることを嬉しく思った。じつにややこしい。

それでわたしたちは赤ん坊の話をし、暗くなるまでアダムが遊んでいるのを見守った。

八十歳

「アダムかい?」わたしは訊く。車椅子の方向を変えるのがわたしには難しく、なにもかもぼやけて見える。アダムのはずがない。生まれたばかりの赤ん坊の世話にてんてこまいになっている。ひょっとしたらデビーかも。でも、デビーは訪ねてきてくれたためしがない。

「わたしよ」そう言って、彼女はわたしのまえにしゃがみこむ。わたしは目を細めて見る――彼女はいつもと変わらぬ様子だ。

だけど、まったくおなじではない。薬のにおいが以前にも増して強くなっており、彼女の両手が震えているのが感じられる。

「旅に出てからどれくらいになるの?」わたしは訊ねる。「最初のときから」

「二年以上になるわ」彼女は言う。「もうどこへもいかない」

わたしはそれを聞いて悲しくなるが、同時に、幸せな気分にもなる。ややこしいったらありゃしない。

「旅に出た価値はあったのかしら?」

「わたしはほかの母親よりも子どもに会えなかったけれど、ほかの母親よりも子どもを見つめていられたの」

彼女はわたしのとなりに椅子を引き寄せて腰かけ、わたしは彼女の肩に頭をもたれる。わたしは眠りに落ちる。自分がとても若くなった気がする。目を覚ますと母がそこにいるのがわかっている。

もののあはれ

この世界は漢字の「傘」の字に似た形をしている。ただし、ぼくが手書きする、ひどくへたで、どこもかしこもバランスを崩している文字に似ている。

父さんならいまだにこんな子どもっぽい字しか書けないぼくをとても恥ずかしく思うだろう。実を言えば、もうろくすっぽ漢字を書けなくなっている。日本での正規の学校教育は、ぼくがまだ八歳のときに終わってしまった。

それでも、当座の目的のためには、このへたな文字が役目を果たしてくれる。

凧《かさ》の部分は太陽帆だ。このいびつな漢字ですら、じっさいの帆の途方もない大きさをかけらほども感じさせない。ライスペーパーの百分の一の薄さしかない回転する円盤が、巨大な凧のように千キロにわたって宇宙に広がっている。通過する光子をすべてとらえるために。文字通り、天を塞いでいる。

その凧《かさ》の下に長さ百キロのカーボン・ナノチューブ製ケーブルが垂れている——強くて軽く曲げやすい。ケーブルの末端に〈前途洋々《ホープフル》〉号の心臓部がぶらさがっている。居住モジュールだ。高さ五百メートルの円柱で、そのなかにこの世界の全住人千二十一名が詰めこまれている。太陽光が帆を押す。広がりつづけ、加速をつづけている螺旋軌道に乗せて、ぼくらを太陽から遠ざけていく。加速によってぼくら全員がデッキに押され、あらゆるものに重さを与えている。

現在の軌道に乗って、ぼくらは、おとめ座61番星と呼ばれている恒星に向かっている。太陽帆の傘に隠されているため、いまはその星は見えない。〈ホープフル〉号がそこに到着するのは、多少の違いこそあれ、およそ三百年後だ。運がよければ、ぼくの曾曾曾——どれくらい曾をつければいいのかまえに計算したことがあるが、もう覚えていない——孫がその星を目にするだろう。

居住モジュールには窓がない。流れるように通り過ぎていく星々の姿をかいま見ることはない。たいていの乗組員は気にしちゃいない。星を見ることには、ずいぶんまえに飽きてしまっているからだ。だが、ぼくは、宇宙船の底に設置されたカメラを通して船外を見るのが好きだ。遠ざかっていく赤みを帯びたぼくらの太陽の光を見ることができる。ぼくらの過去を見ることができる。

「大翔《ひろと》」父さんがぼくを揺すって起こした。「荷物を詰めなさい。時間だ」

ぼくの小型スーツケースは、出かける準備が整っていた。あとは囲碁セットを入れるだけだった。ぼくが五歳のときに父さんが買ってくれたものだ。父さんと碁を打つのが一日のうちで一番好きなひとときだった。

母さんと父さんとぼくが外に出たときには、太陽はまだのぼっていなかった。近所の人たちも、みな旅行カバンを抱えてそれぞれの家の外に立っていた。夏の星明かりの下、ぼくらはたがいに丁寧に挨拶をした。いつものように、ぼくは〈鉄槌《ハンマー》〉を探した。かんたんに見つかった。覚えているかぎりずっと、その小惑星《アステロイド》は、月を別にして空でもっとも明るい天体になっており、毎年、明るさを増していた。

屋根に拡声器を載せた一台のトラックが道路のまんなかをゆっくりと走っていく。

「久留米市民のみなさん！　バス停まで整然と並んでお進みください。駅までみなさんを運ぶバスはたくさん出ています。駅で鹿児島行きの列車にご乗車いただけます。マイカーは使用しないでください。道路は避難用バスと公用車用にあけていただかねばなりません！」

どの一家も歩道をゆっくりと歩いていった。

「前田さん」父さんがお隣のおばあちゃんに声をかけた。「荷物をお持ちしましょうか？」

「ありがとうございます」おばあちゃんは礼を言った。

十分ほど歩くと、前田のおばあちゃんは立ち止まり、電柱に寄りかかった。

「もうちょっとだよ、おばあちゃん」ぼくがそう声をかけても、前田のおばあちゃんは息を切らして、とても話すどころではなかった。ぼくはおばあちゃんを元気づけようとした。「鹿児島にいるお孫さんに会いたいんでしょ。ぼくもミチくんに会いたいよ。ミチくんといっしょに座って、宇宙船のなかで休めるよ。みんなが座れるだけの席があるそうだよ」

お母さんがそれでいいと言うようにぼくにほほ笑んだ。

「ここに住んでいて運がよかったよ」そう父さんは言って、バス停に向かって整然と列を作って歩いている人たちや、地味な靴を履き、清潔なワイシャツを着た若い男性たち、年配の両親に手を貸している中年女性たち、ゴミもなく車も通っていない道路を指し示した。そしてこの静けさも身振りで示した――おおぜいの人がいるのに、ささやき声より大きな声で話している人はだれもいない。ここにいる人たち――家族や近所の人や友だちや仕事仲間たち――同士の、目に見えないけれど、絹糸のように強い濃密な結びつきで、空気がゆらゆら揺れているようだった。

世界のほかの場所で起こっていることをＴＶで見ていた――略奪者がわめきながら、往来を踊り狂い、兵士や警官たちが宙に向かって、ときには群衆に向かって発砲していた。燃える建物、ぐらぐら揺れる死体の山、大昔からの不平不満に対する復讐を誓って荒れ狂う群衆をまえにして声を張りあげている将軍たち。この世が終わろうとしているというのに。

「大翔、覚えておいてもらいたいことがある」父さんはあたりを見まわし、感に堪えぬ声で言った。「これこそ災害に直面して、人としてわれわれの力を示している姿だ。われわれの特徴は個々人が孤立しているのではなく、みなが網の目のように関係を織りなしているところにある。ひとりの人間は、われわれみなが仲良く暮らせるように我欲を克服しなければならない。個人は小さく、無力だが、かたく結びついて一丸となれば、日本は無敵だ」

「清水先生」八歳のボビーが言う。「このゲーム、好きじゃない」

学校は円柱形居住モジュールのどまんなかにある。そこだと放射線を最大限に遮蔽できるからだ。教室の前方には、大きなアメリカ国旗が垂れさがっている。毎朝、子どもたちはその旗に向かって忠誠の誓いを口にしていた。アメリカ国旗の両隣には、それよりも小さな旗が二列になって並んでいる。〈ホープフル〉号の乗員のうち、ほかの国の国籍を持つ生存者たちの国旗だ。左側の列のいちばん端には、子どもの描いた日の丸の絵があり、白い紙の四隅が丸くなっていて、かつては真っ赤な朝日だったものが、いまや退色して夕陽の緋色に変わっていた。〈ホープフル〉号に搭乗した初日にぼくが描いたものだ。

ぼくは、ボビーと彼の友だちのエリックが席についているテーブルのそばに椅子を引き寄せた。「どうして好きじゃないんだい？」

ふたりの少年のあいだには、十九本×十九本の直線で構成された方眼がある。直線の交点にひとにぎりの黒と白の石が置かれている。

二週間おきに、一日の休みを取ると、太陽帆の状態をモニターするという通常業務を離れ、ここに来て子どもたちに日本のことを少しばかり教えている。ときおり、そんなことをしているのを馬鹿げていると思う。日本について子どものころのぼんやりとした記憶しかないぼくに彼らを教える資格があるだろうか。

とはいえ、選択の余地はない。ぼくのような非アメリカ系技術者はみんな、学校での文化教養プログラムに参加し、伝えられる限りのものを伝えるのが義務だと感じている。

「石がみんなおなじみたいだもん」ボビーが言う。「それに動かないよ。つまんない」

「どんなゲームが好きなんだい？」

「〈アステロイド・ディフェンダー〉！」と、エリック。「あれはいいゲームだよ。世界を救うんだ」

「コンピュータ・ゲーム以外のゲームで好きなものを訊いているんだ」

ボビーは肩をすくめる。「チェスかな。クイーンが好き。強い駒で、ほかの駒とぜんぜんちがうから。クイーンはヒーローだよ」

「チェスは小競り合いのゲームだ」ぼくは答える。「碁の世界観はもっと大きい。すべての戦いを包みこんでいるんだ」

「碁にはヒーローがいないよ」ボビーはかたくなに反論する。

ぼくは答える術《すべ》を知らない。

鹿児島には宿泊場所がなかった。そのため、みんな屋外で寝た。スペースポートに通じる道路沿いに寝た。地平線上に陽の光を浴びて輝いている何機もの銀色の巨大脱出船の姿が見えた。

小惑星〈鉄槌〉から割れ剝がれた破片が火星と月に向かうため、安全を期して、宇宙船は深宇宙までぼくらを運ばねばならないだろう、と父さんはぼくに説明してくれた。

「窓際の席がいいな」星々が流れ去っていくのを想像して、ぼくは言った。

「窓際の席は、おまえより年下の子にゆずらないといかんぞ」父さんは言った。「いいかい、いっしょに暮らしていくためにはいろんな我慢をしなければならないんだ」

ぼくらはスーツケースを積んで壁にし、シーツをかぶせ、風除けや日除けにした。毎日、政府の調査官がやってきて、配給品を配ったり、万事問題ないかの確認をした。

「我慢してください！」政府の調査官たちは言った。「いろいろ遅れているのはわかっていますが、できることはすべてやっています。全員の分の席はあります」

ぼくらは我慢強かった。昼間、一部の母親たちは子どものための授業をおこない、父親たちは宇宙船の用意がようやく整ったとき、高齢の親や赤ん坊のいる家族を優先して搭乗できるような制度を作りあげた。

待機が四日つづくと、政府の調査官のことばは、あまり励ましに聞こえなくなった。群衆のあいだに噂が広まった。

「問題は宇宙船だ。宇宙船のどこかがおかしいんだ」

「建造した連中は政府に嘘をつき、まだ用意が整っていないのに整っていると言ったんだ。首相は面目なくて真実を認められずにいる」

「まともな宇宙船は一機しかなく、要人数百名分の席しかないと聞いたわ。ほかの宇宙船は見せかけだけのがらんどうらしい」

「アメリカ人の気が変わって、われわれのような同盟国のため、さらに宇宙船を建造してくれることを政府は期待しているんだ」

母さんが父さんのところにやってきて、耳元で囁いた。

父さんは首を横に振り、母さんを遮った。「その話はもうよせ」

「だって、大翔のために――」

「よせ！」父さんがそんな怒った声で話すのを聞いたことがなかった。いったん口をつぐみ、息を呑む。「われわれはたがいに信頼しなければならない。首相と自衛隊を信用しなければならないんだ」

母さんは悲しげな表情を浮かべた。ぼくは手をのばして、母さんの手を握った。「ぼくはこわくないよ」

「そのとおりだ」父さんは声に安堵をにじませて言った。「なにもこわがるものはない」

父さんはぼくを両腕で抱えあげ——ぼくがとても幼いときを別にして、父さんにそんなふうにされたことがなかったので、ぼくはちょっと恥ずかしかった——見渡すかぎりのまわりを埋めている何十万人もの人たちを指し示した。

「ここにどれほどおおぜいの人がいるのか、ご覧——おばあさんたちや若い父親たちやお姉さんたちや弟たちを。こんなおおぜい人がいるなかでパニックに陥ったり、噂を広めだすのは、自分勝手で間違ったことであり、多くの人が傷つきかねない。われわれはいまいるところを離れず、より大きな展望をけっして忘れないように心がけないといけない」

ミンディとぼくはゆっくりと愛を交わす。彼女の黒い巻き毛の匂いを嗅ぐのが好きだ。芳《かぐわ》しくて温かい。海の香りのように、新鮮な塩の香りのように鼻孔をくすぐる。

ことが終わると、ぼくらは隣り合って寝そべり、ぼくの部屋の天井のモニターを見上げた。

モニター画面は後退していく星野の光景を繰り返し映すようにしている。ミンディはナビゲーション部門で働いており、ぼくのため、コックピットの高解像度ビデオ映像を記録してくれている。

天井が大きな天窓で、ぼくらは星々を見上げて横になっているのだ、というふりをするのが好きだ。モニターには懐かしき地球の写真や映像を映すようにしておくのが好きな人たちがいるのは知っているけれど、悲しくなってしまうのでぼくにはできない。

「日本語で〝スター〟はなんと言うの？」ミンディが訊く。

「ホシ」ぼくは彼女に教える。

「〝ゲスト〟はなんと言うの？」

「オキャクサン」

「じゃあ、わたしたちは、〝ホシオキャクサン〟なの？」

「そんなふうにはならないんだ」ぼくは答える。ミンディは歌が趣味で、英語以外の言語の音を好んでいる。「意味が邪魔になると歌詞の奥に音楽を聴くのが難しい」かつて彼女からそんな話を聞いたことがある。

スペイン語がミンディの第一言語なのだが、ぼくの日本語力よりも彼女のスペイン語力のほうが低かった。よくミンディはぼくに日本語の語句を訊ね、それを自作の歌に組みこんでいた。ぼくはミンディのため歌詞にふさわしい日本語にしようとしたが、うまくいったかどうか定かではなかった。「ワレワレハ、ホシノアイダニ、キャクニキテ（ぼくらは星々のあいだを旅する客になった）」

「どんなものでもそれを言い表すのに千もの方法がある」父さんはよく言っていた。「それぞれの場合に合わせたふさわしい表現があるんだ」日本語が陰影と雅趣に満ちた言語であり、一文一文が詩であることを父さんに教わった。日本語は、重層的な言語であり、語られぬことばが語られることばとおなじように深い意味を持ち、文脈のなかに文脈が潜み、まるで日本刀の鋼《はがね》のように層が重なりあう言語である、と。

父さんがそばにいてくれればいいのに。そうしたら、「あなたがいなくて寂しい」というのを日本人の最後の生き残りとして、二十五回目の誕生日を迎えたときに日本語でどう言えばいいのか訊ねることができるだろうに。

「姉は日本のピクチャーブックがとても好きだったの。マンガが」

ぼくとおなじように、ミンディは孤児だ。それもぼくらがたがいに好意を抱いた理由のひとつだろう。

「お姉さんのこと、たくさん覚えてる？」

「あんまり。この船に乗ったとき、わたしはまだ五歳かそこらだった。そのまえに覚えているのは、いやというほど銃火が上がり、わたしたちはみんな暗がりに隠れていて、走り回り、泣き声をあげ、食料を盗んだことばかり。姉さんはわたしをおとなしくさせるためにいつもマンガを読んでくれていた。そして……」

ぼくはあのビデオを一度だけ見た。高軌道から映した映像で、青と白の大理石だった地球が、小惑星の衝突した瞬間、ぐらっと揺れたようだった。やがて破壊が広がっていく無音の沸き立つ波が地球をゆっくりと包みこんだ。

ぼくはミンディを引き寄せ、額に軽くキスする。慰めのキス。「悲しいことを話すのはやめよう」

ミンディは両腕でぼくをきつく抱きしめた。まるでけっして離しはしないと思っているかのように。

「そのマンガだけど、なにか覚えている？」ぼくは訊ねる。

「巨大ロボットがたくさん出てきた。日本ってすごく力を持ってるんだ、と思ったものよ」

ぼくは想像してみようとする――日本全土に英雄的《ヒロイック》な巨大ロボットがいて、必死に住民を救おうとしているところを。


首相の謝罪は拡声器から流された。携帯電話で見ている人もいた。

そのときのことをろくに覚えていないが、首相の声がか細く、体つきがとてもひ弱で年老いて見えたのは覚えている。心底申し訳なく思っているようだった。「国民のみなさんを失望させてしまいました」

噂はほんとうだったと明らかになった。宇宙船建造業者は、政府から金を受け取ったものの、彼らが約束した強度あるいは航行能力を持つ宇宙船を建造しなかったのだ。業者は土壇場になるまで猿芝居をつづけた。ぼくらが真実に気づいたときには、もう手遅れだった。

国民を失望させた国は日本だけではなかった。世界のほかの国では、〈鉄槌〉が地球との衝突軌道にあることがはじめてわかったとき、共同避難事業にだれがどれほどの負担をすべきかについて言い争いが生じた。そして、その事業計画が潰れたとき、大半の人間は、〈鉄槌〉が逸れるほうに賭け、たがいの戦いに金と命を費やしたほうがましだと判断した。

首相が話を終えたあと、群衆は押し黙ったままだった。いくつか怒声があがったが、それもすぐに静まった。やがて人々は整然と荷造りをして、仮設キャンプ地を立ち去りはじめた。

「みんなただ家に帰ったの？」信じられないという表情を浮かべてミンディが訊く。

「そうだよ」

「略奪はなかったの？　パニックにかられて逃げ惑う人たちや、町中で反乱を起こした兵士たちはいなかったの？」

「それが日本なんだ」自分の声に誇りがにじんでいるのがわかる。父さんの誇らしげな声を真似ていた。

「みんな諦めたのね」ミンディは言う。「諦めちゃったんだ。文化的なものかもしれないわね」

「ちがうよ！」声を荒らげないように努める。ミンディのことばはぼくをいらだたせる。碁が退屈だというボビーの発言とおなじように。「そういうもんじゃなかったんだ」

「父さんが話しているのはだれ？」ぼくは訊いた。

「ハミルトン博士よ」母さんが言った。「わたしたちは——博士とお父さんとわたしは——アメリカでおなじカレッジに通っていたの」

ぼくは父さんが電話で英語を話しているのをじっと見た。まったく別人のようだった——声の抑揚や高さだけではなかった。表情もずっと生き生きとして、手の仕草もはるかに激しかった。外国人のように見えた。

父さんは電話に向かって怒鳴った。

「なんて言ってるの？」

母さんはしーっと言って、ぼくを黙らせた。母さんは父さんをじっと見ていて、一言一言に耳をそばだてていた。

「ノー」父さんは電話に言った。「ノー！」そのことばを訳す必要はなかった。

あとになり母さんは言った。「あの人は正しいことをやろうとしているわ、彼なりのやり方で」

「あいつはむかしから自分勝手だ」父さんが言い放つ。

「そんな言い方は公正じゃないでしょ」母さんが言った。「内緒でわたしに電話してきたわけじゃない。わたしにじゃなく、あなたに電話してきた。なぜなら、立場が逆になれば、たとえべつの男といっしょだとしても、自分の愛した女性に生き延びるチャンスを喜んで与えるだろうと彼は信じているからだわ」

父さんは母さんを見た。ぼくは両親がたがいに「愛している」と言っているのを一度も聞いたことがなかったけれど、口にせずとも真意が伝わることばはあるものだ。

「もし彼に訊かれたとしても、けっしてイエスと言わなかったわ」ほほ笑みながら、母さんは言った。そして台所に昼食を作りにいった。父さんは目で母さんを追った。

「きょうは天気がいいな」父さんがぼくに言った。「散歩にいこう」

歩道を歩いている近所の人たちとすれ違った。たがいに挨拶をし、健康を訊ねあった。なにもかも正常に見えた。〈鉄槌〉が夕暮れの空にいっそう明るく輝いて浮かんでいた。

「大翔、こわくてたまらないだろうな」父さんが言った。

「脱出船はもう造ろうとしないの？」

父さんは答えなかった。晩夏の風が蟬の声を運んできた。

やがて死ぬけしきは見えず蟬の声

「父さん？」

「芭蕉の句だ。わかるか？」

ぼくは首を横に振った。あまり詩歌は好きじゃなかった。

父さんは溜息をついて、ぼくにほほ笑みかけた。沈む夕陽を見ながら、父さんはまた口をひらいた。

夕陽《せきよう》無限に好《よ》し
只《た》だ是れ黄昏《こうこん》に近し

ぼくはその詩句を繰り返した。そのなかのなにかがぼくを感動させた。その気持ちをことばにしようとした。「おとなしい仔猫がぼくの心の内側を舐《な》めているみたいな感じがするよ」

笑い声をあげるのではなく、父さんはまじめな顔でうなずいた。

「古代唐の詩人李商隠《りしょういん》の「楽遊原《らくゆうげん》」という題の詩だ。李商隠は中国人だが、彼の詩情はとても日本人的だ」

ぼくらは歩きつづけた。ぼくは黄色いタンポポの花のそばで立ち止まった。花弁の頭を垂れている角度がとても美しく思えた。さきほどの、心を仔猫の舌に舐められている感覚がまたした。

「あの花の……」ぼくはためらった。ふさわしいことばを見つけられなかった。

父さんが口をひらいた。

蒲公英《たんぽぽ》のうつむきたりし月の夜

ぼくはうなずいた。その句に浮かび上がったイメージは、一瞬で消え去るのと同時に永遠に残るもののように思えた。幼い子どものころ経験した時間の長さに似ていた。その句はぼくを少し悲しくも嬉しくもさせた。

「万物は流転するんだ、大翔」父さんは言った。「おまえの心が感じたその気持ちは――〝もののあはれ〟というものだ。命あるあらゆるものがはかないという感覚だ。太陽もタンポポも蟬も〈鉄槌〉も、われわれみんなも。われわれはみなジェイムズ・クラーク・マクスウェルの方程式に支配されており、継続時間が一秒であろうと十億年であろうとみな最終的には消えていく運命にある一時的なパターンなのだよ」

ぼくは掃除の行き届いた通りやゆっくりと歩いている人々、芝生、夕陽を見渡した。なにもかも正しい場所にあり、なにもかも正常だとわかった。父さんとぼくは散歩をつづけた。ぼくらの影が触れあった。

〈鉄槌〉が真上にぶらさがっていても、ぼくはこわくなかった。

ぼくの仕事のひとつは、目のまえのインジケーター・ライトでできた方眼を見つめることだ。

巨大な碁盤に似ていなくもない。

おおかたの時間、とてもたいくつだ。ライトは、太陽帆のさまざまな地点の張力を示しており、太陽帆が遠くの太陽の弱まっていく光にかすかにたわむと、数分おきにおなじパターンを描く。ライトが繰り返すパターンは、眠っているときのミンディの呼吸と同様、ぼくにはなじみ深いものだ。

われわれの船はすでに光速の数分の一の速度で航行している。いまから数年後、充分な速度に達したとき、進路をおとめ座61番星とその無垢の惑星に向けて変更し、われわれに命を与えてくれた太陽を忘れ去られた記憶のようにうち捨てるのだ。

だが、きょうは、ライトの作るパターンが少しおかしい。南西隅《サウスウエスト・コーナー》にあるライトのひとつが一秒の数分の一速く瞬いている。

「ナビゲーション」ぼくはマイクに向かって言う。「こちらセイル・モニター・ステーション・アルファ。航路に乗っていることを確認してくれるかい？」

一分後、ミンディの声がイヤピースに届く。ほんの少し驚きが声ににじんでいる。「気がつかなかった。だけど、ほんの少し、航路からずれているわ。なにがあったの？」

「まだ確かじゃない」ぼくは目のまえの方眼を見つめている。同調を外し、調和していないかたくななライトを見つめている。

母さんは父さん抜きでぼくを福岡に連れていった。「クリスマスの買い物にいくの」母さんは言った。「あなたを驚かせたいの」

父さんはほほ笑んで、首を横に振った。

ぼくらは賑わった通りを進んだ。これが地球で最後のクリスマスになるかもしれないため、格別に賑やかな雰囲気だった。

地下鉄で隣に座っていた男性が広げ持っていた新聞を横目で見た。「合衆国の逆襲！」と見出しにあった。アメリカの大統領が勝ち誇ったように笑みを浮かべている大きな写真が載っていた。その下には一連のほかの写真があり、その何枚かは以前に見たことがあった——何年もまえに試験飛行中に爆発したアメリカの最初の実験避難船、ＴＶで責任を追及しているならずもの国家の指導者、外国の首都に侵攻しているアメリカの兵士たち。

折り返しの下に、小さめの記事があった——「審判の日のシナリオに懐疑的なアメリカの科学者たち」なんの手立てもないことを受け入れるより、大災害が現実のものでないと信じたがる人がいるんだ、と父さんはまえに言っていた。

ぼくは父さんのプレゼントを選ぶものだと期待していた。だけど、母さんは、贈り物を買いに電気街にぼくを連れていくのではなく、市内のぼくが一度もいったことのない場所に向かった。母さんが携帯電話を取りだして、みじかい電話をかけた。英語でしゃべっていた。ぼくは驚いて母さんを見上げた。

やがてぼくらは大きなアメリカの旗が屋根にたなびいている建物のまえに立っていた。なかに入り、オフィスのひとつに通されて、腰を下ろした。ひとりのアメリカ人男性が入ってきた。その人は、悲しげな顔をしていたが、そう見えないよう懸命に努めていた。

「リン」男性は母さんの名前を呼び、そこで黙った。そのたった一言にぼくは後悔と思慕と複雑な話を聞き取った。

「こちらはハミルトン博士よ」母さんがぼくに言った。ぼくはうなずいて、握手しようと手を差し出した。TVでアメリカ人がそうしているのを見ていたからだ。

ハミルトン博士と母さんはしばらく話をした。母さんは泣きだし、ハミルトン博士は気まずそうに立っていた。母さんを抱きしめたいのだけど、あえてそうしないでいるかのような様子だった。

「あなたはハミルトン博士のところに残るのよ」母さんはぼくに言った。

「えっ?」

母さんはぼくの両肩をつかみ、しゃがんで、ぼくの目をじっと見つめた。「アメリカ人は軌道上に秘密の船を一機持っているの。この戦争に突入するまえに宇宙に打ち上げることができた唯一の船なの。ハミルトン博士がその船の設計をしました。彼はわたしの……昔の友人で、自分といっしょにひとりの人間を乗せることができるの。それがあなたのたった一度のチャンスなの」

「いやだ、ぼくはいかないよ」

やがて母さんは出ていこうとドアをひらいた。泣き叫び、蹴りつけるぼくをハミルトン博士が強く抱き止めた。

ドアがひらくとそこに父さんが立っていて、ぼくらはみんな驚いた。

母さんが泣き崩れた。

父さんは母さんを抱きしめた。父さんがそんなことをするのを見たことがなかった。とてもアメリカ人ぽい仕草に見えた。

「ごめんなさい」母さんは言った。泣きながら何度も「ごめんなさい」と言いつづけた。

「かまわない」父さんは言った。「わかってる」

ハミルトン博士がぼくを離した。ぼくは両親に駆け寄り、ふたりにしゃにむに抱きついた。

母さんは父さんを見た。母さんはなにも言わなかったけれど、その表情で、すべてを伝えていた。

蠟人形が命を吹きこまれたかのように父さんの顔が和らいだ。吐息をつくと、父さんはぼくを見た。

「こわくないだろ?」父さんが訊いた。

ぼくはうなずいて、こわがっていないことを示した。

「だったら、おまえは船に乗ってもなんの問題もない」そう言うと、父さんはハミルトン博士の目を見た。「息子を引き受けてくれてありがとう」

その言葉に母さんとぼくは、驚いて、父さんを見た。

蒲公英の毛花散りぬる秋の風

ぼくはうなずき、わかったふりをした。

父さんはすばやく、激しく、ぼくを抱きしめた。

「日本人であることを忘れるな」

そしてふたりは立ち去った。


「なにかが太陽帆に穴をあけた」ハミルトン博士が言う。

狭い部屋には、最上級司令スタッフしかいない――くわえて、すでに事情を知っているミンディとぼくがいた。乗組員たちのあいだにパニックを起こさせていいわけがない。

「穴が船を傾けさせ、航路を外れさせている。穴を塞がないと、裂け目が広がり、やがて帆が萎《しぼ》んでしまい、〈ホープフル〉号は宇宙を漂流することになるだろう」

「修理する方法はあるんですか？」船長が訊ねる。

ぼくにとって父親のような存在だったハミルトン博士が白髪に覆われた頭を振る。博士がそんなに落胆した様子でいるのは見たことがなかった。

「裂け目は帆の中心から数百キロ離れたところにある。だれかをそこにたどりつかせるには何日もかかる。帆の表面に沿ってあまり速く移動することができないからだ——あらたな裂け目が生じる危険性が高すぎる。そこにたどりつくころには、裂け目は塞げないほど大きくなってしまっているだろう」

そういうものだ。万物は流転する。

ぼくは目をつむり、帆を思い浮かべる。膜はとても薄く、うっかり触ろうものなら、穴があいてしまうだろう。だけど、その膜は、帆に剛性と張力を与える、折り目と支柱からなる複雑なシステムによって支えられている。子どものころ、母がこしらえた折り紙細工のように、太陽帆が宇宙にひらいていく様子をまじまじと眺めたものだった。

つなぎケーブルを支柱の足場につないだり外したりして、太陽帆の表面をかすめ飛んでいくところをぼくは想像する。トンボが池の表面にちょんちょんと尻尾を浸けていくように。

「七十二時間でたどりつけます」ぼくは口をひらく。だれもがこちらを見る。ぼくは自分のアイデアを説明する。「支柱のパターンはよくわかっています。人生の大半を費やして、遠くからモニターしてきましたから。最速のルートを見つけられます」

ハミルトン博士は懐疑的だ。「あの支柱はそんな動きに合わせて設計されていない。こんなシナリオを一度も計画していないんだ」

「じゃあ、即興でやりましょう」ミンディが言う。「わたしたちはアメリカ人じゃないですか。けっして諦めたりするもんですか」

ハミルトン博士は顔を起こした。「ありがとう、ミンディ」

ぼくらは計画を立て、議論を戦わせ、たがいに怒鳴りあい、夜を徹して働いた。

居住モジュールからケーブルをのぼって、太陽帆にたどりつくのは、長く厳しい登攀《とうはん》だった。ほぼ十二時間かかった。

ぼくの名前の二番目にある漢字がどんな形をしているのか、書かせてもらおう。

翔

この漢字は、「空に舞い上がること」を意味している。左側の部首を見てもらえるだろうか？　それがぼくだ。ヘルメットから一対のアンテナを立てて、ケーブルにつながっている。背中には羽がある——あるいは、この場合は、ブースター・ロケットと予備燃料タンクだ。そのロケットがぼくを上へ上へ、全天を塞いでいる巨大な反射型ドームに向かって押し上げる。太陽帆でできた蜘蛛の巣形の鏡に向かって。

ミンディが無線でぼくと会話を交わす。ぼくらはジョークを言い合い、秘密をわかちあい、将来ふたりでやりたいことについて話し合う。話題が尽きると、ミンディはぼくに歌いかける。その目的はぼくを眠らせないことだ。

　　ぼくら《ワレワレ》は《ハ、》星々《ホシ》の《ノ》あいだ《アイダ》を《ニ、》旅する客《キャク》になった《ニキテ》

だけど、登攀は実際には容易な部分だった。支柱のネットワークに沿って、穴のあいた箇所まで太陽帆を横切る旅のほうがはるかに難度は高い。

　船をあとにしてから三十六時間が経過していた。ミンディの声は疲れてきており、弱々しくなっていた。彼女はあくびをした。

「眠れよ、ベイビー」ぼくはマイクに囁く。ぼくもひどく疲れて、一瞬でいいから目をつむりたい。

　夏の夜、ぼくは道を歩いている。かたわらには父がいる。

「日本人は、火山と地震と台風と津波の国に暮らしているんだ、大翔。地下の炎と上空の凍える真空とのあいだにはさまれた、この惑星表面の細長い土地に縛られ、いつなんどき生命の危機に襲われるかもしれない暮らしをずっと送ってきた」

　と、宇宙服を着てひとりでいる自分に戻った。一時的な集中力の欠如から、背中に背負った荷物を太陽帆の梁《はり》の一本にぶつけて、あやうく燃料タンクの一本が外れ落ちてしまいそうにな

った。すんでのところでタンクをつかんだ。すばやく動けるよう、装備の重量を最後の一グラムまで軽くしていたため、ミスする余地はなかった。なにも失うわけにはいかなかった。

　ぼくは夢を振り払い、動きつづけようとした。

「とはいえ、それが死の近さを、一瞬一瞬に宿る美しさを意識させ、耐え忍ぶことを可能にしているんだ。もののあはれは、いいか、宇宙と共感することなんだ。それが日本という国の魂なんだ。それが絶望することなくヒロシマを堪え忍び、占領を堪え忍び、都市の崩壊を堪え忍び、全滅を堪え忍ばせたんだ」

「ヒロト、起きて！」ミンディの必死な懇願の声が聞こえた。ぼくははっと我に返った。いったいどれくらい眠れずにいるのだろう？　二日か、三日か、それとも四日？

　この旅の最後の五十キロかそこらは、帆の支柱を離れ、ロケットにだけ頼って、ケーブルをつながずに、帆の表面をかすめ飛ばなければならなかった。すべてが光速の何分の一かの速度で動いているというのに。そう考えるだけで、めまいがする。

　すると突然、またしても父がかたわらにいた。太陽帆の下の宇宙空間に浮かんでいる。ぼくらは碁を打っていた。

「左下隅《サウスウエスト・コーナー》をご覧。おまえの石が半分に分断されているのがわかるか？　父さんの白石がすぐに囲んで、すべての石をとらえてしまうぞ」

　ぼくは父の指し示しているところを見て、危機に気づいた。見過ごしていた空点がある。ひとつの軍勢だと考えていたものは、実際には中央に穴があいて、切断されそうだ。次の手で空点を塞がなければならない。

白昼夢を払いのけた。こいつに片を付けねば。そうすればやっと眠れる。

目のまえの破れた帆に穴があいていた。現在の航行速度では、イオンシールドをくぐりぬけた小さな埃のかけらでも、大惨事を引き起こしかねない。穴のぎざぎざの縁が、太陽風と放射線の圧力に押されて、宇宙空間でかすかにはためいている。個々の光子は小さく、取るに足りず、質量さえないが、まとまれば、天ほど大きな帆を動かし、千人の人間を押すことができる。

宇宙は驚異だ。

黒石を手に取り、空点を埋める用意をする。わが軍勢をひとつに結びつけるために。

石はバックパックから取りだした修繕キットに変わった。ブースター・ロケットを操作し、帆の裂け目の真上に浮かぶ。穴を通して、その向こうの星々が見える。船に乗っているだれひとりとして何年も見たことのない星々。その星々を見て、心に思い描く。いつの日か、そのなかのひとつの恒星のまわりに、まとまりつどってあたらしい国を作った人類が絶滅の危機をまぬがれ、再出発を遂げ、ふたたび繁栄するところを。

慎重にぼくは裂け目にパッチを当て、ヒート・トーチのスイッチを入れる。トーチを裂け目に走らせると、パッチが溶けて広がっていき、太陽帆の膜の炭化水素分子鎖と一体化するのがわかる。それが終わると、その上に銀を蒸着させ、輝く反射層を形成させるつもりだ。

「うまくいってる」ぼくはマイクに向かって告げる。くぐもった祝福の声がミンディの背後で起こるのが聞こえる。

「あなたはヒーローよ」ミンディが言う。

自分がマンガのなかの日本製巨大ロボットになった気がして、笑みがこぼれた。

トーチの炎が断続的になり、消えた。

「注意して見るんだ」父さんが言う。「その穴を塞ごうとしてそこに次の石を打ちたがっているだろ。だけど、おまえがしたいのはほんとうにそういうことか？」

トーチにつないでいる燃料タンクを振ってみた。空だ。これは帆桁にぶつけたタンクだ。あの衝突で漏れが生じたにちがいなく、パッチを当て終えるに充分な燃料が残っていなかった。

パッチがゆるやかにはためき、まだ半分しか裂け目にくっついていない。

「帰還したまえ」ハミルトン博士が言った。「燃料を補給して、やりなおそう」

ぼくはくたくたに疲れ切っている。どんなに懸命になっても、必要な速さでここに戻ってくることはできないだろう。そして戻ってきたころには、裂け目はどれほど大きくなっているのか知れたもんじゃない。ハミルトン博士はぼくとおなじようにそのことをわかっている。彼はただ船の温かい安全のもとにぼくを戻したがっているだけだ。

タンクにはまだ燃料が残っている。帰還の旅用に残している燃料だ。

父は期待のこもった表情を浮かべていた。

「そうか」ぼくはゆっくりと言う。「この空点に次の石を打てば、右上隅《ノースイースト》の小さな一団を生かすチャンスを失うんだ。父さんが彼らをとらえてしまうね」

「ひとつの石は同時に二箇所に打てない。おまえは選ばないといけない」

「どうしたらいいのか教えてよ」

ぼくは答えを求めて、父の顔を見る。

「まわりをご覧」父さんは言った。母さんがいた。前田のおばあちゃんがいた。首相がいた。久留米のご近所さんがみんないた。鹿児島で、九州で、日本列島で、地球全土で、〈ホープフル〉号でいっしょに待っていた人が全員いた。彼らは期待をこめてぼくを見ている。ぼくが大切なことをするのを待っている。

父さんの声は静かだった。

星辰輝き瞬く
われらみな過客にて、
まずほほ笑み、そして名乗らん

「策があります」ぼくは無線でハミルトン博士に告げる。

「きっとなにか考えてくれると思ってたわ」ミンディが言う。誇らしげで幸せそうな声だ。

ハミルトン博士はしばらく黙っている。ぼくがなにを考えているのか、博士はわかっているのだ。やがて、博士は言った。「ヒロト、ありがとう」

ぼくは役に立たない燃料タンクをトーチから外し、背中のタンクと接続する。スイッチを入れる。炎は明るく、鋭い。光の刃だ。目のまえで光子と原子を結集させ、力と光の網に変える。膜の向こうにある星々がふたたび封印された。太陽帆の鏡状表面は完璧なものになった。

「航路修正せよ」ぼくはマイクに向かって言う。「修理完了」

「確認した」ハミルトン博士が答える。その声は、悲しい声にならないよう努めている人が出すそれだ。

「まず戻って来てもらわないと」ミンディが言う。「いま航路を修正したら、あなたはどこにも自分をつなぎとめるところがないでしょ」

「かまわないんだ、ベイビー」ぼくはマイクに囁く。「ぼくは戻らない。もう燃料が足りないんだ」

「こちらから迎えにいくわ!」

「ぼくみたいにすばやく支柱を渡って来られないよ」ぼくはおだやかにミンディに告げる。「だれもぼくほど支柱の組み合わせパターンを知らない。ここに救援隊が到着するころには、空気がなくなっているさ」

ミンディがひとしきり反論を終えてまた押し黙るのを待つ。

「悲しいことを話すのはやめよう。愛してるよ」

そしてぼくは無線を切ると、体を宇宙空間に押しやる。彼らがむだな救援ミッションに乗りだしたりしないように。そしてぼくは太陽帆の傘の下を落ちていく。はるか、はるか下へと。太陽帆が回転しながら遠ざかっていくのを眺める。星々がその輝きをあらわにする。もうずいぶん遠くにある太陽は、たくさんの星々のなかのひとつにすぎなくなっている。昇りもせず、沈みもしない。ぼくは星々のあいだを漂い流れている。ひとりきりで。同時に星々とともに。

仔猫の舌がぼくの心の内側をちろちろと舐める。

次の石を空点に打つ。

父さんはこちらの読みどおりに次の手を打ち、右上隅のぼくの石は死に、取り上げられた。だが、こちらの主力の大石は無事だ。この先ますます栄えるやもしれない。

「碁にもヒーローはいるかもね」ボビーの声がした。

ミンディはぼくをヒーローと呼んだ。だけど、ぼくはたんにしかるべきときにしかるべき場所にいた男にすぎない。ハミルトン博士もまたヒーローだ。〈ホープフル〉号を設計したのだから。ミンディもヒーローだ。ぼくを眠らせなかったのだから。ぼくの母もヒーローだ。ぼくが生き延びられるようにぼくを手元に置くのをやむなく諦めてくれたのだから。ぼくの父もヒーローだ。やるべき正しいことを示してくれたのだから。

ぼくらの有り様は、他人の命がおりなす網のなかでどこにしがみついているかで定められている。

それぞれの石がうつろう命と震える息吹からなる、より大きなパターンに溶けこむと、ぼくは碁盤から視線を外した。「個々の石はヒーローではないけれど、ひとつにつどった石はヒーローにふさわしい」

「散歩するのにうってつけのすてきな日じゃないか」父さんが言う。

そしてぼくらは並んで通りを歩いていく。通り過ぎるすべての草の葉、すべての露の雫、すべての沈む夕陽の薄れゆく光を覚えていられるように。計り知れないほど美しいすべてのものを忘れぬように。

存在<ruby>プレゼンス<rt></rt></ruby>

画面上の狭い視野をつがいの鳥がかすめ飛ぶ。遠隔存在装置《テレプレゼンス》を最後に使った人間は、スイッチを切るまえに装置をドアにほど近いベッドのそばに置き、カメラとモニターを開いた窓に向けていた。次のユーザーであるあなたが、死にかけている見知らぬ人間の顔を正面から覗きこまずにすむように。それが親切から生まれた行為なのか、恥ずかしさから生まれた行為なのか、判別は難しい。

あなたは親指スティックをおそるおそる回転させる。動きはなめらかだが、鈍《のろ》い。なにか粘着性の液体に妨げられているかのようだ——たいていのオペレーターはあなた同様、経験がないが、その鈍さで安全性が加味されている。

病室は清潔で、ベッドが三床置かれている。彼女は中央のベッドに寝ている。薄い毛布の下、動かぬ抜け殻と化した存在。奥のベッドからうめき声がいくつか聞こえるが、マイクはさほど明瞭には音を拾わない。

背後の窓から射しこむまばゆい陽光に、病室が温かいのだとあなたは考える。開いている窓からそよ風が吹きこむのをあなたは想像する。風が下の往来に並んでいる屋台からのぼってくる食べ物の匂いを運んでくる。香草をまぶし、串にさされて焼かれている仔羊の肉、直火で炙《あぶ》られているピーナッツ、ドラム缶製のオーブンで焼かれている焼き芋――あなたが二十年以上口にしていない料理だ。

病室は三床のベッドを入れるには充分な広さではない、とあなたは考える。アメリカの基準に照らすと明らかに狭かったが、看護師は電話で、ここが病院のなかで最高の設備が整った病室である、と説明した――あなたが利用している装置がその証拠である、と。

週払いで雇っている介護士《ヘルパー》が立ち上がって、自己紹介をする。介護士は、ずんぐりしたロボットの頭部に置かれたTV画面に浮かんでいる顔に向かって話すのに慣れている様子が見てとれる。あなたは休暇日数について、また、キャリアのいまの段階で休暇を求めるのが難しいことを、いつ……終わりになるか……わからない状況で、大洋をまたぐ旅をする不確実さを説明したい衝動をぐっとこらえる。

「起こしますね」介護士は言う。

母親以外のだれかと、子ども時代に使っていた言語で会話するのは久しぶりで、正しい使用域や、しかるべき丁寧さを持った正確な表現を見つけるのに苦労する。「彼女はもっと眠る必要があるとは思い……ます……ませんか？」

介護士はあなたを哀れみの目で見る。あなたは外国人のように振る舞っている。

介護士はベッドに移動し、眠っている女性の顔を軽く叩く。「起きて！　起きなさい！　息子さんがきてますよ！」

介護士のかん高い声にほかの二床に寝ていた女性たちが目を覚まし、ぶつぶつ文句を言う。すると、介護士は両手であなたの母親の目をこじ開ける。介護士はあなたの母親の頭をひねって、その目をあなたに向かせる。

一瞬、あなたは、介護士による母親の扱い方に衝撃を受けるものの、母が陥っている朦朧状態のなか、言葉を届けようとしたら、事実上、それが唯一の方法なんだろうか、と考えこむ。自分の反応は、アメリカナイズされた感受性の繊細さが生む結果なんだろうか、あるいはなにか別のもの、自分が大洋のこちら側にとどまっているのに介護士がその場にいるということに関連した、もっと暗い感情の結果なのだろうか、とあなたは訝《いぶか》る。

母親の目は濁っており、あなたは自分が病室にいることを母親が知っているのか、あるいはたんに光と影の不明瞭な模様を感知しているだけなのだろうか、と不審に思う。

「お母さんはあなたと会えて喜んでいますよ」介護士は言う。「手を離しても目を開けつづけているのがわかりますか？　こんなこといままでなかったんですよ」

照れくさそうにあなたは身を乗りだす。「ここにいるよ」これがコンピュータ・モニターの画面でこちらを見ているのとどれほどちがうのだろう、とあなたは思う。いったいなんのために金を払っているのだろう、とあなたは疑問に思う。

母の顔の皺模様は、彫られた面のようにじっと動かない。脳卒中で完全麻痺に陥っている。毛布を持ち上げ、介護士はあなたの母親のおむつを取り替えはじめる。あなたは目を背けたくなるが、見ないのは、自分に嘘をつく方法でしかないだろうと悟る。あなたは宙に浮いた母親の脚の細さに驚き――青白く、染みだらけの皮膚が骨を取り巻いている――息を止める。だが、もちろん、臭いは感じない。あなたは糞尿の臭いを感知しない。母親の無力さからくる恥辱も、消毒薬と腐敗と死の悪臭も感じない。母親の身体状態は、あなたの嗅覚を司る繊細な粘膜に触れはしない。文明は死の現実からわれわれを守る周到な嘘を作り上げる過程なのだ。依然としてあなたは大海原によって隔たれている。

介護士は効率的に、落ち着いて作業する。汚れたおむつをベッド脇のバケツに放りこむと、浴用タオルであなたの母親の体を綺麗に拭く。そののち、ふたたび脚を持ち上げて、新しいおむつをあてがう。あなたは深呼吸をする。

ほかの入院患者のひとりが口をひらく。「あんたはアメリカに住んでるの?」

あなたは振り向く。その動作に三十秒かかるものの、あなたには一時間にも感じられる。するとあなたの目に入るのは、好奇心を満面に湛えている中年女性だ。あなたはうなずく。

「そんなに遠くにねぇ」女性は言う。「たとえ話せないにせよ、お母さんはあんたのことをしょっちゅう考えているはずだよ。帰ってこないといけないよ」

あなたは中年女性のぶしつけさと思いこみに腹を立てる。自分が抱えている責任のこと、住宅ローンや幼い子どもたちのことを話したくなる。アメリカでやっていくのが簡単ではないことを説明したい。仕事を維持し、介護士を雇うだけの金を稼ぐのが簡単ではないことを説明したい。そっちにはいられないし、母親を職員不足の病院で何時間も糞尿にまみれたまま寝かせておきたくないから介護士を雇っているのだ。こっちにやってきて、いっしょに暮らそうと何年も説得しようとしてきたのに、母は外国の土地に引っ越したくないの一点張りだったことを言いたい。あんたの子どもたちは機械のなかに身を宿らせた幽霊としてあんたを訪ねてくるだけで、そのあいだにあんたが死ぬのを待っているじゃないか、と非難してやりたい。新しい遠くの地で、息子と孫が機会に恵まれた生活を送ることが、母の望むものなのだという主張を持ち出したい。

そうするかわりにあなたはたんにもう一度うなずくと、顔の向きを元に戻す。また三十秒かかる。

介護士はあなたに爪切りを手渡す。爪切りはあなたの腕の先端にあるマニピュレーターにしっかりはまりこむ。「お母さんの爪を切ってあげたら？」

あなたはあわてる。いままでだれかの爪を切ろうとしたことは一度もなかった。

「そうすればあなたの気持ちがもっと楽になりますよ」

あなたは介護士の声ににじむ優しさに驚く。

あなたの指は震えている。母を傷つけるのではないかと心配して。だが、このロボットはその作業用のプログラムがなされている。あなたは画面の指示に従って親指スティックをあちこち動かすだけでよく、あとはウォルドウが全部やってくれる。安全性を組みこんだルーティンが、あなたに母を傷つけさせないでいる一方、あなたに母のためになにかをやっているという幻想を与えてくれる。遠隔マニピュレーターが母親の片方の手をつかむのを見ながら、あなたはその肌がどれくらいひんやりしているのかと想像する。リューマチにかかった関節を包んでいるしなびた筋肉と皮膚がどれくらいの重さがあるのかと想像する。

その間ずっと母の目は開いたままだ。

あなたは毎晩母のもとを訪ねる。ロボットを操縦するのにずいぶん慣れてきて、制御の範疇を拡大してもらえるようになり、操作速度や、自由度を増してもらえるようになる。あなたはおむつの交換方法を学び、清拭《せいしき》方法を学び、何時間も母のベッドのかたわらに座って、想像上のなんらかの動きを求めて、その顔を見つめつづける。背後で流れるTVのメロドラマに耳を傾け、ほかの二床のベッドでは患者が順次替わっていくのを知る。おなじ機械の体をタイムシェアしている、彼らの見舞客にあなたが会うことはない。

こうしたロボットは疚《やま》しさのため、作られたものだ。あまりに遠方にいて、あまりに多くの言い訳を持っている者たちのために。自分の存在の幻想性に、テクノロジーのおかげで自分に言い聞かせている嘘に気づいているものの、ロボットを使うことであなたの気分はましになっている。


あなたは装置の接続を切り、自分が泣けなくなっているのに気づく。

看護師の言葉が頭のなかでこだましている。

お母さんは昨夜眠りについて、目覚めなかったんですよ。

もはや毎晩訪問せずともいいということにほっとしたかもしれないという思いに、あなたはドレッサーの鏡から顔を背ける。

こんなことが起こったときに映画の登場人物だったらどうふるまうだろうと考えようとし、フィクションを手本にしなければいけないというのは、自分のどこがおかしいのだろう、とあなたは考える。

「だいじょうぶなの？」あなたの妻が訊ねる。

「いまは話したくない」あなたはきつい声で言い放つ。

あなたの娘が近づいてくる。

「爪が伸びちゃった」娘は言う。いつもなら、この手のことはあなたの妻が対処しているのだが、きょう、彼女は食料品の買い出しに出かけて、外出中だ。

あなたは娘をひざに乗せ、爪切りを手に取る。あなたは娘の髪の毛を嗅ぐ。フレッシュなライラックと甘いジャムの香り——娘はストロベリー・ジャムを塗ったトーストを食べたばかりだ。この子は、香草をまぶした仔羊の串焼きは好きだろうか、とあなたは思う。

実際の喪失が何年もまえに起こっているのに、だれかを失う際になにがあったのか説明するのはとても奇妙なことだとあなたは思う。徐々に徐々に起こったので、いつ起こったのか、あなたは気づきもしなかった。故国に帰らないと決めたのはいつだったのか、あなたは思い出せない。母がこちらにやってきていっしょに暮らすつもりはないのを受け入れたときのことを、あなたは思い出せない。自分がアメリカ人になったときのことを思い出せない。どのように千もの小さな決断が積もり積もって取り消しのきかない変化になったかについて、決断しないことは決断することとどういうようにおなじであるかについて、あなたは考える。あなたのことをなにひとつ知らないくせに、特定の行動をあなたが取ることを期待している赤の他人について、あなたは考える。

娘があなたのひざの上で体を動かし、より楽な姿勢を取ろうとする。

一度も会ったことがない祖母のことをどう娘に説明しようか、とあなたは考える。娘が理解できるほど大きくなったときに、自分のことをどう説明するか、自分の決断をどう正当化するかと、あなたは考える。大洋を隔てた別の大陸での新生活のために払った代償について、あなたは考える。

あなたはけっして訪れない罪の赦《ゆる》しについて考える。なぜなら、裁くのは、あなた自身であるからだ。

あなたは爪切りに力を入れるのをいったん待つ。なぜなら、目が熱くなり、濡れて、手元が見えないからだ。

結けっ

縄じょう

天村

古者無文字、其有約誓之事、事大、大其縄、事小、小其縄、結之多少、随物衆寡、各執以相考、亦足以相治也。

（古代、文字はなかった。契約や盟約を交わす必要があれば、大きな事柄には大きな結び目をこしらえ、小さな事柄には小さな結び目をこしらえた。結び目の数は契約上の数量に応じていた。記録にはそれで充分だった）

『九家易』――中国の易経研究書、後漢時代（紀元二五年から二二〇年）に書かれたものと思われる――より精霊はわしらをからかうのが好きだ。わしは記録に残るナン族の歴史上だれよりも生涯で多くのものを目にしてきた。とはいえ、極度の近眼で、ほぼなにも見えないに等しいのだが。

五年まえ、ふたりのビルマ人の商人が、雲を抜けてくる急峻なのぼりに髪の毛から汗を滴《したた》らせながら、年に一度の商用の旅で山をのぼってきたとき、ひとりの見知らぬ人間を連れてきた。見知らぬ男はわしがいままで会っただれとも似ていなかった。われわれの縄倉に男のような人物の記録はなかった。男は背が高かった。いとこのカイより二尺は高かった。カイは村でいちばん背が高い男なのだ。顔の色は白く、血色がよくて、つやつやしており、彩色された阿羅漢像のようだった。青い瞳と金色の髪の毛をして、鼻はとても高く、まるで鳥のくちばしのように顔から突き出ていた。

商人のひとり、ファーが見知らぬ男の名前をト・ムだと紹介した。「とても遠いところからきたんだよ」

「ラングーンくらい遠いところからか?」わしは訊ねた。

「もっと、ずっと遠くからさ。アメリカからきたんだ。ソエ＝ボ村長、あんたが想像もできないくらいはるか遠くなんだ。鷹が休まずに二十日間飛んでもたどり着かないくらい遠い」

それはおそらく誇張した物言いだろう。ファーは法螺話をするのが好きだった。だが、ト・ムが一度も聞いたことのない音楽のような耳障りで断続的な言葉でファーに話しかけたので、なるほどわしの知らない場所からきたのは確かだった。

「ここでこの男はなにをするつもりなんだ？」

「だれにわかる？　おれにはこの人がすることはなにひとつわからん。西洋人はみんな変わっているし、おおぜいの西洋人に会ったことがある。だけど、この人はだれよりも妙ちきりんだ。二日まえにマン・サムに歩いてやってきた。背中にあの荷を背負ってな。あのなかに持ち物を全部入れている。おれとアウンに、西洋人がだれもいったことのない場所に連れていけと頼んできた。おれたちにたんまりはずむと言ったんだ。それで、天村に連れていってやろうと言った。ひょっとしたら阿片王から逃げて、身を隠そうとしているのかもしれないぞ」

ファーは金のためならなんでもやる男で、阿片畑を支配する将軍の逆鱗に触れることまでやってのけた。ときおり、わしら村人は現金のために米を売ることがある。取引するだけの米が収穫できない凶作年にそなえるためにだ。だが、わしらはファーのように金に焦がれはしていない。

もしトム・ムが阿片王から隠れようとしているなら、わしらは彼と関わり合いたくなかった。用心深く様子を窺って、トム・ムが商人たちといっしょに立ち去るのを確認しなければならない。

だが、トム・ムは逃亡中の男のようにはふるまわなかった。声がでかく、粗野だったが、だれにでも、なににでも笑顔を向けた。たえずひとりかふたりの村人に立ち止まっているよう頼むと、目に小さな金属の箱を押し当てて、カチリという音を立てていた。歩き回り、わしらの小屋や、棚田や野花や野草を仔細に眺め、藪のなかで糞をしている子どもたちの様子すら見ていた。トゥ・ムのこのうえもなくくだらない質問をファーが通訳してやった――この獣をなんと呼ぶんだ？　あの花の名前はなんだ？　どんな食べ物を食べているんだ？　わしらが育てている作物や野菜はなんだ？　トゥ・ムは子どものようだった。最低限のことすら知らなかった。一度も人に会ったことがないかのようにふるまっていた。

トゥ・ムは薬師のリュクを探し当て、札束をちらつかせた。

「病気のこととどうやって手当てをするのかを話してほしいってさ」ファーが言った。

商人たちもときどきそんなふうなコツをリュクに訊くことがあったので、それはトゥ・ムのほかの質問ほど変わったものではなかった。リュクは肩をすくめて金を断ったが、我慢強くトゥ・ムと歩きまわって、薬草や昆虫を指さし、その使い方を説明した。トゥ・ムは金属の箱を掲げ、何度もカチリと音を立てさせ、手帳になにか書き付けながら、薬草や昆虫を採取し、リュックサックから取りだした小さな透明の袋にしまいこんだ。

われわれナン族は、何千年も山のなかで暮らしてきた。村に伝わる最古の書――数世代ごとに新しい麻縄で結び直され、写しをこしらえられてきた――がわれら一族の起源を記している。はるか昔、われわれの先祖は中国北部にある小さな王国で永年暮らしてきた。戦争が起こり、騎馬侵略者たちは稲田を切り裂き、家を焼き払った。勇敢なサン＝プ翁が生き残った者たちを率いて馬の蹄の音がもはや聞こえないところまで懸命に逃げていき、次の月が出るまで歩きつづけた。われわれはこの山をのぼり、雲の上を自らの住み処に定めた。わしらは世間を煩わせぬし、世間もたいていの場合、わしらを放っておいてくれる。

いま、「たいていの場合」と言ったが、それは毎年、数人の商人が山をのぼってきて、薬や鉄製の道具、絹地や木綿生地、はるかかなたの香料を運んでくるからだ。それと引き換えに連中が望むものはひとつ――わしらがこしらえる米だ。山の麓にあるビルマの村々で育てるどの米とも異なる、大粒でつやつやした米粒は、市場で「天米」として商人たちが売り歩いていた。

商人たちは顧客に天米は純粋な雲のエキスを与えられ、空中で育つのだと説明している。この話を聞いたとき、わしは商人たちに米は山の斜面の棚田で育てており、水は灌漑《かんがい》用水路から引いているのだと説明した。先祖たちがやっていた農法とまったくおなじで、下の村とまったくおなじだ、と。だが、商人たちは一笑に付した。買い手はおれたちの話のほうを好むんだぜ。おれたちの名案のおかげで、客はより多くの金を嬉々として払うんだ。有り体に言うと、商人連中というのは、けっして信用できるものじゃない。

ここ数年、米の収穫は良くなかった。以前ほど雨が降らず、山の頂から流れてくる泉の水量が夏にはちょろちょろこぼれる程度にまで減ってしまった。視力の良い若者たちが言うには、はるか西方の雪に覆われた峰がまるで老人が禿げていくかのように白い髪を失いかけているという。一族の者たちはいまでは以前よりはるかにたくさんの山菜を食べるようになっており、子どもたちは鳥やツパイを狩って家の手伝いをしていた。だが、そうした食料源も減ってきたようだ。

わしは過去数世紀分の雨量と収穫量の記録をあたってみたが、これほどひどい干魃《かんばつ》は記録されていなかった。山の下にある世界でなにかが起こって、こんな事態を引き起こしているのだろうか？

商人たちにそれぞれの考えを訊ねた。

連中は肩をすくめた。「各地で天候異常が起こっているそうだ。中国北部で干魃が起こり、イラワジ川の南までサイクロンが下ってきている。理由なんてだれがわかるね？　そういうふうになっているんだから仕方あるまい」

わしはあす山を長い時間かけて下っていくまえに一晩、泊まっていってくれるようト・ムと商人たちに申し出た。ファーとアウンはいつも下界のおもしろい話の語り手であり、ト・ムも興味深い話を抱えているように思えた。

手持ちの最後の米を甘い筍《たけのこ》と生姜《しょうが》の酢漬けを添えて出した。ト・ムは舌鼓を打ち、わしの料理の腕を褒めそやした。わしはどぎまぎして笑い声をあげた。食事のあと、わしらは焚き火をかこんで車座になり、酒を酌み交わして、雑談に興じた。

ト・ムに生業《なりわい》はなんなのか訊いた。外国人は少しのあいだ黙って座り、頭を掻いてから笑い声をあげると、長いひとつらなりの言葉をファーに言った。ファーは困惑したようだった。肩をすくめると、わしに言った。「病気を研究していて、それを治療するためのタンパク質というものを――一種の薬じゃないかな――こしらえようとしているそうだ。ところが、じつにややこしいんだな。この男が言うには、病人は診ないし、薬も作らないんだそうだ。ただ考えを思いつくだけなんだと」

ということは、ト・ムは、ある種の治療師なのだ。たしかに大変な使命であり、わしは他人を治療したいと願っている人間はみな尊敬している。たとえその者がどれほど奇妙な人間であっても。

わしはト・ムにナン族の古い医書の話を聞きたいかと訊ねた。リュクほど優れた腕を持つものでも、頭のなかにすべての知識を蓄えてはいられない。診たことのない疾病に出会うと、古い医書を繙《ひもと》くことがよくあった。先祖からたくさんの知恵がわれらに託されており、そのなかには薬と毒とのあいだの境界を敢えて越えてみた勇敢な者たちの命を犠牲にして得た知恵もあった。

ファーがわしの申し出を通訳するとト・ムはうなずいた。わしは立ち上がり、医書である結び目の塊を手に取った。縄を伸ばしながら、わしは線に沿って指を走らせ、病の症状や治療方法を読み上げた。

だが、ファーの通訳に耳を傾けるかわりに、ト・ムは目を皿のようにして結縄本《けつじょう》をまじまじと見つめていた。ファーの通訳を途中で止め、指で彼をつついた。ト・ムがひどく昂奮しているのがわかった。

「この男は結縄文字を一度も見たことがないんだとさ」ファーが言った。「あんたがなにをやっているのか知りたいんだと」

商人たちは永年ナン族の結縄を目にしてきて、慣れっこになっていた。わしもまた彼らが紙に印を書いて購入品や在庫の記録をつけているのを見たことがある——チベット族、中国人、ビルマ人、ナガ族——さまざまな商人たちが異なる記号を使っている。みな違っているものの、インクの印は死んでいて、のっぺりして、醜いようにわしにはいつも思えた。わしらは縄を結ぶ。

結縄のおかげでわしらには先祖たちの知恵と声が生き生きと伝わってきた。しなやかで伸び縮みする長い麻縄を伸ばしてひねると、適度の張りと回転を与えることができる。三十一種類の結び目を縄に作ることができ、それぞれ唇と舌の形に対応していて、さまざまな音節を作る。仏教徒の数珠のようにつなぎ合わせることで、結び目が言葉を、文を、物語を紡ぎ出す。発話が実体と形を与えられる。つなぎあわせた縄に手を走らせることで、指のなかに結び手の思いを感じ、自分の骨を通して相手の声が聞こえる。

結び目を作った縄はまっすぐのままにはならない。結び目は縄に張りを加える。自然にとぐろを巻き、捻《ねじ》れ、撚《よ》れ、ある形を作ろうとする。結縄本は、直線ではなく、むしろこじんまりとした彫像に似たものだろう。さまざまな結び目がとぐろを巻いた縄のなかで多様な形を作り、一目で議論の流れと概略、抑揚《リズム》と韻律《ライム》のはっきりとした上げ下げがわかる。

わしは生まれついて目が悪かった。ほんの数歩先しかはっきり見えず、あまり長いあいだ目を凝《こ》らしていると頭が痛くなる。だが、わしの指はむかしからすばやかった。子どものころでさえ、さまざまな縄と結び目の特性を学ぶのが早いと親父に褒められたものだ。結び目が縄の張りを変える様子や、その小さな力が縄を押し引きして最終的な形を取らせる様子を心のなかで描く才能があった。ナン族の者はだれでも結縄文字を作れるが、たった一個の結び目が作られるまえに縄の最終的な形を読み取る目を持っているのはわしだけだ。

わしは筆耕係として仕事をはじめ、もろくなり、ばらばらになりかけている、すこぶる古い結縄本を手に取り、結び目の順序を感じて覚え、新しい麻縄で作り直し、すべての結び目、すべての撚りが忠実に再現されて縄が自然にとぐろを巻き、元々の本の正確な複製品になるまでにした。そうすることで村の子どもたちやそのまた子どもたちも過去の声を感じ、学ぶことができるようになる。

やがて父の死後、わしが村長兼記録管理人になったあとで、わしは自分独自の縄を結んだ。商人にだまされぬよう毎年請求される商品の値段や、薬師《くすし》たちが発見した古い薬草の新しい利用法、気象の型と作付け時期といった実務的な事柄を結縄にした。ほかの事柄も結縄にした。

縄を結んだあとのその風情がたんに好きだったからだ。若い男が好きな女の子に歌いかける歌や、暗い冬が明けて真新しい春の陽光が顔に当たる感覚、春祭の篝火《かがりび》のそばで踊るナン族のゆらめく影も縄に結んだ。

グレーター・ボストン　ルート128

ソエ＝ボ用の正規の旅行証明書を発給してもらうのに一年かかった。あちこち頭を下げ、料金の高い弁護士に頼み、賄賂――失礼、特別手数料――を払い、あまつさえ大学卒業以来話したことのなかった国務省勤務の知人たちに再度連絡を取った。

出生証明書を持っていないだって？　ラストネームがない？　地元の軍閥のためにケシを栽培しているって？　この人物についてきみはなにを知ってるんだ？　いいかい、トム、ぼくはきみの現地人呪医《ネイティヴ・ウィッチドクター》にかなりの便宜を図ろうとしているんだ。やってみる価値はあるんだろうな。

数枚の書類は驚くほどのひどい頭痛を引き起こした。いまがヴィクトリア朝時代だったらいいのにと願った。それならばたがいにあまり気に入っていないふたつの政府の千人もの役人と交渉する必要なく、ジャングルから現地人を連れてこられたのに。

「それはとても長い旅だな」二度目の天村への旅のおり、いっしょにきてもらうよう説得しようとしたとき、ソエ＝ボは言った。「わしには遠すぎる」

ナン族は金には興味を持っていなかった。高額な報酬を約束しても無駄だろうとわかっていた。

「いっしょにきてくれたら、おおぜいの人を治す役に立てるんですよ」

「わしは治療師じゃない」

「それはわかっています。ですが、あなたがやってるあの結縄は……。あなたはおおぜいの人を助けられるんです。うまく説明できません。ぼくを信用してください」

ソエ＝ボは感動していたが、まだ揺らいでいた。そこでぼくは切り札を出した。彼の心にあるとわかっていたもの、彼が欲するはずの唯一のものを。

「干魃のせいで米の収穫が見こめなくなりかけているでしょう」ぼくは言った。「もっと少ない水量で育つ新しい米が手に入るようお手伝いできます。だけど、ぼくといっしょにきてもらわねばなりません。そうすれば新しい種籾《たねもみ》をお渡しします」

ソエ＝ボは予想したようには飛行機を怖がらなかった。そもそも彼はとても小柄な男だったが、用心深くゆっくりとした動きで航空機の座席に収まると、ますます子どものように見えた。

とはいえ、彼は落ち着いていた。ヤンゴンに向かうバスのほうがはるかにショックを受けたようだ。自分の力で動き、ひとつの場所からべつの場所へ連れていく金属の箱のなかに座っていたあとでは、空飛ぶ箱はさほど奇妙なものに思えなかったのだろう。

GACTラボ・キャンパスの隣にあるホテルのスタジオ・スイートに落ち着かせるとすぐソエ＝ボは眠った。ベッドは使わなかった。その代わり、キッチンのタイル貼りの床の上で丸くなった。炉床に近いところで眠るというのは本能的な欲求なのだろう。古い人類学の専門書で読んだことがある。

「こんな形になるように縄を結んでもらえますか？」ぼくは粘土でこしらえた小さな型を指し示した。龍の頭部のような形に似ていなくもない。通訳として使っているミャンマー族の大学生は首を横に振った――この一連の仕事自体が学生には馬鹿げたものに思えているにちがいない。いや、ぼくにとっても馬鹿げたものに思えた――それでもぼくの質問を通訳した。

ソエ＝ボは型を手に取り、矯《た》めつ眇《すが》めつした。「これはなにも話していない。結んだところで意味のない戯言になってしまうだろう」

「それはかまわないんだ。縄が自然にこの形になるよう結んでほしいだけなんだよ」

ソエ＝ボはうなずき、縄を撚り、結びはじめた。縄がひとりでにとぐろを巻くと、その結果を型と比べ、縄をまっすぐに伸ばし直して、またとぐろを巻かせた。首を振り、いくつかの結び目をほどき、新たな結び目を作った。

ラボでは、五台のカメラがその過程を記録しており、マジックミラーの向こう側では、十人ほどの科学者たちが身を乗り出して、小柄な男と、すばやい指先の拡大映像に見入っていた。

「どうやってやるんです？」ぼくは訊いた。

「父から教わった。祖父が父に教えたように。結縄文字は祖先からずっとわしらに伝わってきた。わしは千の本をほどき、結び直してきた。縄がどんなふうに結びつきたいのか肌で感じられるのだ」


タンパク質はアミノ酸が連結しあった長い鎖であり、その配列は生細胞の遺伝子によって決定されている。アミノ酸は、疎水性および親水性の側鎖と電荷の違いでわかれ、たがいに押し合い引き合い、水素結合を通じてαヘリックスやβシートのような局所的二次構造を形成する。タンパク質の長い鎖は、無数の極小フォースベクトルに動かされる不安定で、くねり、揺れるものだが、やがて自発的にとぐろを巻き、鎖全体の総エネルギーを最小限にして、三次構造に落ち着く。この最終的な安定した自然な状態がタンパク質に特徴的な形を与える。小さな三次元の塊。モダニストの彫刻さながらに。

タンパク質の形状こそ、その機能を与えるものだ。タンパク質の〝正しい折りたたみ《フォールディング》〟は、さまざまな因子に拠《よ》っている――温度や溶媒、多様な介添えをする分子シャペロンなどに。タンパク質が特徴的な形に折りたたまれない場合、狂牛病のプリオンやアルツハイマー病、囊《のう》胞性線維症のような病気にかかる。だが、正しい形のタンパク質を利用すれば、癌細胞の制御不能の分化を止め、ＨＩＶが自己複製するのに必要な細胞経路を塞ぎ、あらゆる種類の難病を治療できる薬が得られる。

だが、アミノ酸の配列の自然な状態を予測するのは（あるいは、翻《ひるがえ》って、希望するタンパク質の形に折りたたまれるアミノ酸の配列を設計するのは）、量子物理学よりも難しい。たとえアミノ酸の短い鎖であってもなかにある原子に作用するすべての力をしらみつぶしにシミュレーションし、自由エネルギーランドスケープのなかを捜索するのは、もっとも計算能力の高いコンピュータでも音を上げる作業だろう。おまけにタンパク質は数百、時には数千のアミノ酸から構成されているのだ。

もしわれわれが、アミノ酸配列の自然な状態を予測し、折りたたむための正確で速いアルゴリズムを発見することができたなら、医療は、抗生物質の発見以来最大の発展を遂げるだろう。無数の命を救うだろう――しかも、とても儲かるものになるだろう。

たまにソエ＝ボが作業に疲れた様子を見せると、ぼくは彼をボストン散策に連れだした。ぼく自身もそうした散策を期待していた。世界中を歩きまわることで、アマチュア人類学者のようなものになっており、われわれの世界以外に住んでいる人の見せる、われわれが当然のものとしている事物に対する反応を観察するのが好きだった。ソエ＝ボの目を通してこの世を見、なにが彼に衝撃を与えるのか、あるいは与えないのかを発見するのはとても魅力的だった。

彼は摩天楼を風景の一部と見なして受け入れたが、エスカレーターには震え上がった。自動車やハイウェイやあらゆる色の人々が押し寄せてくるのを柳に風と受け流したが、アイスクリームへの驚きは忘れることができなかった。乳糖不耐症だったが、腹が痛くなるのもがまんして、嬉々としてダブルを口にするのだった。紐がついていても犬を敬遠したが、ボストン・コモン公園で鴨や鳩に餌をやって、楽しんでいた。


次にわれわれはコンピュータでのシミュレーションに移行した。ソエ＝ボはマウスの効率的な使用方法を学ぶことができず、画面は彼の目を疲れさせた。そこで、われわれはグラブとゴーグルと適切な触覚フィードバックを備えた3Dシミュレーション・システムを大急ぎでこしらえざるをえなかった。

というわけで、ソエ＝ボは、慣れ親しんだ結び目で作業に取り組まないことになった。鎖の最終形を予測できる彼の能力というのが、たんに一族の厳格な伝承を丸暗記した結果なのか、それともその手法は一般化し、あらたな領域に導いていくことができるものなのかどうか、われわれは見極めねばならなかった。

ソエ＝ボが装着したゴーグルからのビデオ画像を通して彼が空中に浮かんでいるアミノ酸の

モデルを操り、隣り合って置かれたそれぞれのアミノ酸の特性を学んでいる様をわれわれは観察した。鎖の塊を揺らし、何本かの直鎖をひっぱって離し、何本かの直鎖を押し集め、側鎖に押しこんだ。ソエ＝ボにとって、それは奇妙なゲームをしているだけのことだった。

だが、まるっきりうまくいかなかった。アミノ酸はソエ＝ボの縄結びとはあまりに異なっており、もっとも簡単なパズルでさえ、彼は解けなかった。

役員会は痺れを切らし、懐疑的になった。「きみはこの無学なアジア人農民が画期的大発見《ブレークスルー》をもたらすと本気で考えているのか？　もし失敗して新聞にでも漏れてみろ、投資家たちはわが社に近づいてこなくなるぞ」

前工業社会の人々の医療知識を発掘してきたぼくの業績をまたしても持ち出してこなければならなかった。言い伝えや迷信の寄せ集めのなかに、見つけだして大きな利益を得るため活用できうる革新的な本物の専門知識が隠されていることがよくある。わが社でもっとも売れている薬は、ブラジルの先住民ティオック族が使っていた蘭から最初に抽出されたものではなかったですか？　ぼくの勘を少しは信用してください。

とはいえ、ぼく自身不安だった。

次の散策で、ぼくはソエ＝ボをハーヴァードのサクラー美術館に連れていった。そこは古代アジアの美術品コレクションを持っている。ナン族は青銅器時代に中国北部のどこかから移住してきたのだとなんとなく理解していた。自分たちの祖先と関係している人々が作った古い土器や青銅器を見ることに興味を抱くかもしれないと思った。

美術館には来訪者がほとんどいなくて、われわれは静かにのんびり見てまわった。ガラスケースに入った大きな三本脚の丸い青銅製の壺がソエ＝ボの興味を惹き、彼はすり足で近づいた。ぼくはあとに従った。

その青銅器は「鼎《かなえ》」と呼ばれるもので、中国の文字と動物のモチーフからなる装飾文様が刻まれていたが、なにかべつのものもあった。比較的滑らかな部分を覆っているかなり細かな線模様だ。ガラスケースの下にある小さな解説文を読む——

中国人は青銅器を保管のため絹やその他の高級繊維でくるんでいた。何世紀も経過すると、布が腐り落ちてしまったあともずっと包装した布の縦糸と横糸のパターンが青銅器の緑青に残ることがある。古代中国の織物に関するわれわれの知識は、ほぼすべてそのような痕跡に由来している。

ぼくは通訳に頼んで、この内容をソエ＝ボに読んで聞かせた。ソエ＝ボはうなずき、もっとよく見ようとしてガラスに顔を押しつけた。美術館の警備員が近づいてきたが、ぼくは手を振って追い払った。「大丈夫。この人はとても目が悪いんだ」

「礼を言う」あとになり、ソエ＝ボは言った。「これを作った人たちは糸で書いていなかったので、この模様は意味不明だ。だが、念入りに糸をたどってみた。とてもかすかだが、彼らの声を聞くことができたよ。こんな古代の知恵を聞ける機会は、たとえ理解できなくとも、すばらしい贈り物だ」

次のセッションのおり、ソエ＝ボはかなり複雑な鎖をうまく折りたたんだ。まるでなにかのコツをつかみ、突然すべてがかちりとはまったかのようだった。二、三のより複雑な鎖で実験を繰り返したところ、ソエ＝ボはもっと速く解いた。

彼はぼく以上に幸せそうに見えた。

「なにが変わったんです？」

「どうやって説明すればいいのかわからん」ソエ＝ボは言った。「わしの結縄書きでは、たがいにとても離れている結び目は相手に影響を与えないんだが、あんたのゲームではそうなっていない。中国の青銅器に残っていた声を聞いたことが役に立った。織布の模様は一本の糸を繰り返し絡ませていくことでできている。だが、いったん網状に織られると、結び目にかかる張力はずっと遠くの結び目でもすべての方向で感じられるのだ。それがこの遊戯をどう考えればいいのかをわからせてくれ、結縄書きについてわしの知っていることを変え、模様に合わせるようにさせてくれた。大昔の声から教えられることがたくさんあったが、まずその聞き方を知らねばならなかった」

うまくいきさえすれば、神秘的な戯言はどうでもよかった。

われわれはソエ＝ボのセッションをコンピュータで再生し、彼の動きを抽象化し、彼の判断を演繹し、彼の試行をシステム化し、すべてをコンパイルしてひとつのアルゴリズムにした。簡単な作業ではなかった。ソエ＝ボの感覚的な動きを精緻化して、明確なインストラクションにするには多大な創造性とハードワークが必要だった。だが、ソエ＝ボの動きを無限の可能性の暗い海を航海する誘導灯とすることで、その試みが可能になった。

ぼくは役員会の面々に「それ見たことか」と言ってやりたい衝動をこらえた。

ソエ＝ボは約束を守ってもらわねばならないということをそれとなくぼくに念押しした。われわれは何カ月もいっしょに作業にあたっており、ぼくは自分たちがうまく進めている作業に没頭しているあまり、すっかり忘れていた。きまり悪くなった。

ぼくはクリスに連絡した。大学院の同期で、おなじ研究室に属していた男だ。クリスはいまイナダイン・アグロ社にいた。さまざまな種類の遺伝子改良米で有名な会社だ。

ぼくは欲しいもののことを説明した――干魃や高地に強く、酸性土壌でよく育ち、多収で、望ましくは東南アジアの一般的な害虫に耐性がある。

「うまく当てはまる品種が二、三ある」クリスは言った。「だけど、値が張るぞ。それに普通はミャンマーのような場所には種籾を売らないんだ。政治的なリスクがあることをべつにして、アジアの多くでは知的財産権を尊重していない。金を払わずに国じゅうでうちの米を育てているのを見たくないな。警察や裁判所が役に立たないのは知ってるだろ。暴力団を雇って農民に特許遵守を強要すれば、イブニング・ニュースで叩かれるのがオチだ」

ぼくは今回便宜を図ってもらえるようクリスに頼み、知的財産権に関するレクチャーに協力することを約束した。

「未認可の種籾の問題に技術的な解決策を組みこむべきかもしれないな」クリスは付け加えた。

ナン族にはその米が必要なんだ、とぼくは思った。世界は彼らのまわりで変わりつつあり、彼らには手助けが必要なのだ。

ぼくは帰国の途についたソエ＝ボに同行し、種籾の入った旅行カバンを運んで山をのぼるのに手を貸した。他人が見たら面白い光景だったはずだ——母国に帰ってきた小柄なアジア人の探検家が道のまえを進み、荷物を抱えたぼくがうしろをよたよたとついていく。風変わりなシェルパのように。

天村

アメリカへの旅の記録と、彼の地で見た驚くべき光景を縄に結ぶのは長い時間がかかった。いまやその記録は一本の棚を丸々埋めており、子どもたちが夜ごともっと話を聞かせてとやってくる。

あのような旅は、ひとりの人間がどれほどものを理解していないのかをわからせる。出発まえ、わしは自分のことを物知りだと思っていた。村にいるだれよりもこの部屋の結縄本を読んできたからだ。だが、いまではもっと分別がある。

アメリカにわしがいくのと引き換えにト・ムにもらった種籾は魔法のように育った。最初の年の収穫はだれの記憶にあるよりも多かった。米は以前の米ほどおいしくはなかったが、なにせたっぷり採れた。盛大な祭りで祝い、だれもが、子どもたちまでも酔っ払った。こんなことを成し遂げて気分が良かった。新しい種籾をもたらし、ふたたび全員の腹を満たす新たな希望を外から持ってきたのは。

次の米作りの季節のまえにト・ムがファーとアウンとともにまたやってきて、いつものように背中に重いリュックサックを背負っていた。それほど昔からの知り合いではなかったとはいえ、わしはト・ムのことを古くからの友人と思っていた。それこそ子どものころから親しい間柄だったかのように。なぜなら、最初に会ったときからわしはとても多くのことを学んでいたからだ。

だが、ト・ムは居心地が悪そうで、落ち着きがなかった。「ぼくがきたのは」彼は言った。「さらなる種籾を売るためです」

「ああ、もう種籾は要らんよ」ト・ムがある種のことについてはとても知識が豊富だが、常識を欠いているのは、なんとか受け入れられるようになっていた。「去年収穫した米からたっぷり種籾を残している」

ト・ムはわしから目を逸らした。「あなたがたが取っておいている種籾は、うまくいきません。発芽しないんです」

ファーはその言葉をうまく通訳できず、ト・ムはもう一度説明しようとしなければならなかった。「その種籾は育たないんです。死んでいます。新しい種籾を買ってもらわないとだめなんです」

そんな話は聞いたことがなかった。種籾が育って稲穂になったのに、その稲穂は種籾をもたらさないなんて、ありうることなのか？

ト・ムはすべての生物のなかには少量のよじれた紐が入っていると説明した。種籾でもわれわれでもおなじで、それを遺伝子と呼び、生き物がどのように育ち、どんな形になるのかを決めるものだという。遺伝子は、読み取ることのできる言葉を形作る小さな塊がつながってできたものだそうだ。

「ナン族の結縄のようにか」わしがそう言うと、ト・ムはうなずいた。

だれかが新しい遺伝子、つまり新しい単語の連なり、すなわち新しい連語を発明し、種にそれを入れると、その種は人々の好む性質を持つようになるかもしれない。その連語が種を貴重なものにする。だが、その連語は発明者に所有されており、もしほかの人々がその種を育てたければ、発明者に代金を支払わねばならない。人々に代金を確実に支払わせるため――とト・ムは説明した――発明者は新しい種が育たないように元の種にさらなる言葉を埋めこまねばならないこともある。かくして、人々は毎年代金を支払うことになる。

「もし発明者の許可無くその遺伝子の入った種を育てようとしたら、発明者から盗んだことになるんです」ト・ムは言った。「たとえて言うなら、発明者の家に入り、鉢入りの米を盗っていくようなものなんです。発芽しない遺伝子は人々を正直でいさせようとするため付け加えられている」

その説明は筋が通らない。もしわしがだれかの鉢入りの米を取れば、その人物はもはや鉢入りの米を持っていないがゆえにそれは盗みと言える。しかし、だれかがわしに力のある新しい連語を教えたとしても、わしはその連語を相手から奪ったわけではない。相手はまだその言葉を持っているではないか。

わしはもう少し理解しようとした。「種籾のなかに結びこまれたあんたのいうその連語にわしらは金を払わねばならんというわけか」ト・ムはうなずいた。

わしがト・ムの遊戯のなかで縄を結ぶのを見ることで助かったと以前にト・ムは話してくれた。「では、わしらの結縄本から言葉を学んだとしたら、つまり、わしらの結縄書きから知恵を学んだとしたら、あんたも毎年わしらに金を払わねばならないのではないか？」ト・ムは笑い声をあげ、頭を掻いた。いらだっているようだった。「いや、そうは思わない。あなたから学んだ事柄は……古いんですよ。保護されていない、著作権あるいは特許に守られていない」ファーが通訳できない言葉がさらにつづき、ト・ムに説明するようファーに頼む気が失せた。仮にト・ムからさらなる連語を学んだとしても、その代金を払わねばならなくなるかもしれなかった。ナン族から教わるものになんの価値もないとト・ムが考えているのは骨身に沁みてわかった。

わしは愚か者だった。村を助けるために立派なことをしていると思っていたのだが、ト・ムのいうお得な話には、紐がついていた。わしがしたことは、遠くにいる藩王に対する借財を村人に背負わせたことにほかならない。わしらは藩王に年貢を支払わねばならないのだ。わしは天村を阿片王たちと結びついている農民らとおなじくらい低い立場に貶《おとし》めてしまった。

打つ手はほかになにもなかった。そのため、わしらは現金を得るため商人にかなり多くの米を売った。その現金をト・ムから種籾を買うために使った。

「値段は来年少し上がり、再来年また上がります」ト・ムは言った。「最初の数年は割引きしてもらえるよう友人に頼まなきゃならなかったんですよ。村の経済を拡大する方法を考えたくなるんじゃないかな。そうすれば種籾を買う資金ができ、もっといいものを買う余裕ができるでしょう。薬とかアイスクリームのようなものを」

ト・ムの言葉の一部は筋が通っている、とファーが言った。世界は変わりつつあり、ナン族も変わるべきだ、と。若者のなかには山を下って仕事にありつける者もいるかもしれない。ファーは、都会での綺麗な若い女性を待ち受けている機会のことを知っていた。とりわけ、彼女たちがはるかタイまでいこうとするのであれば。

わしはト・ムとの会話を一冊の本に結んだ。ひょっとしたらこれが未来への警告として役に立つかもしれない。そうすれば、ほかの村人たちがわしのように先が見えず、愚かにはならないかもしれない。

わしらはつづく数年、新しい米とは別にわしらの古い米も少し育てようとしたが、古い米は大量の水を必要とすることから枯れてしまい、新しい米のため、持てるかぎりのわずかな水の大半を節約せざるをえなかった。村人は諦めた。わしは古い米のなかで撚り合っている小さな遺伝子のことを考える。そこにある単語の連なりは先祖からわしらに伝わってきたものだ。それが忘れ去られ、貯蔵袋のなかで埃をかぶっている。将来、もし雨が戻ってくることがあれば、その種籾は育ってくれるのだろうか？

ト・ムは次の年から戻ってこなかった。いまは、米作りの季節のまえに違う男がわしらに種籾を売りにやってくる。

グレーター・ボストン　ルート128

ソエ＝ボの手法に基づいたアルゴリズムは、極めて高い成果を上げた。公表された文献に載っているどんなものよりもはるかに高い成果だった。ぼくの研究を述べた論文は査読にまわっており、弁護士たちが特許申請に対処している。

もし万事うまくいけば、これはあらゆる点でぼくが希望していたブレークスルーになるだろう。ぼくのアルゴリズムは、桁違いに創薬速度を向上させ、おおぜいの命を救うだろう。

これがわが社に与える収益への影響を注目する時間はなかったが、役員会への財務責任者のプレゼンテーションはとても好評だった。直接の創薬とライセンス契約から得られる今後十年の利益見積もりは、指数曲線を描いている。

どうやらつぎの発見の旅に出る頃合いだ。行き先はブータンを検討している。

著者付記

人間のパターン認識能力と空間認知能力を利用して、タンパク質フォールディングのための効率的なアルゴリズム探索の支援をするというアイデアは、セス・クーパー他「マルチプレイヤー・オンライン・ゲームでタンパク質構造を予測する」ネイチャー誌四六六号七五六頁〜七六〇頁（二〇一〇年八月五日）で述べられている。

ナン族の結縄文字システムのいくつかの特徴は、ハングル文字およびインカの縄文字《キープ》と中国の結び紐細工民芸をモデルにしている。

ランニング・シューズ

「また、ノルマが達成できておらんぞ！」ヴォン親方が怒鳴った。「どうしておまえはそんなに鈍《のろ》いんだ？」

十四歳の女子工員ヅアンの顔は恥ずかしさのあまり赤くなった。親方の汗まみれの首筋に怒りで浮きでた血管をヅアンはまじまじと見た。熟れたトマトにへばりついた太いナメクジのように脈搏《う》っている。この靴工場の台湾人のオーナーやマネージャーを憎んでいる以上にヅアンはヴォンを憎んでいた。外国人がヴェトナム人をひどく扱うのは予想された事態だったが、ヴォンはここイエンチャウ地区出身の人間だった。

「一日十六時間勤務は長すぎます」ヅアンはもそもそと言った。目を伏せる。「疲れたんです」

「怠け者め！」ヴォンは罵《ば》詈《り》讒《ざん》謗《ぼう》を吐きつづけた。

ヅアンはぶたれたり叩かれたりするのを予期して、身をすくめた。懸命に悔恨の情を示そうとする。

　ヴォンはヅアンをじろじろと眺め、唇をまくりあがらせて、残忍な笑みを浮かべた。「罰を与えておまえをもっと鍛えてやらないといかんな。工場のまわりを五周してこい、いますぐだ。そのうえでノルマを達成できるよう、今夜はずっと作業するんだ」

　ヅアンはホッとした。蒸し暑い日だったが、走るのは、ぶたれるよりはましな罰だった。そのうえ、少しだけ工場にいなくて済む。工場では耳をつんざく騒音がけっして止まず、大きな機械がその乱暴で無頓着な力をふるい、怖くてたまらないのだ。

　工場の敷地をまわる一周目はかんたんだった。裸足の足は軽やかにはずみ、固められた土の上をリズミカルに進んだ。ヅアンがまえを通り過ぎると、ヴォンが怒鳴った。「もっと速く走れ！」

　ヅアンは靴工場で働いていたものの、できるだけ裸足で動きまわるほうが好きだった。家族がまだ田舎に住んでいたころ、そうしていたように。当時、水田のかたわらの柔らかな泥道を走っていくのが好きだった。爪先でしっかり土を踏みしめ、月の終わりに父さんが買ってくれる甘い揚げ団子《バインザン》を期待しつつ走る。

　だけど、ヅアンの父親は市内に引っ越す決心をした。労働者としてもっと金を稼ぎ、家族によりよい生活を送らせることができると考えたのだ。ところがここでは、大気は汚染され、部屋は狭くて混み合い、通りには割れたガラスや釘が散乱していて、ヅアンは安いプラスチック製のサンダルを履かねばならなかった。

二周目の途中で、ヅアンは気が遠くなりかけた。いまや水中で息をしているような気がした。シャツが肌に張り付き、目のまえで黒い点が踊っていた。ふくらはぎと肺が焼ける。

「もっと速く走れ！　ペースを上げないと、もう一周走らせるぞ」

ヴォンと工場から逃げだせればいいのに、とヅアンは願った。自分が作っている靴を履いているところを想像する——空気のように軽くて、安全長靴のように頑丈なスニーカー。ヅアンはそのスニーカーに見とれることがよくあり、どんなひどい地面でも足を守ってくれるだろうな、と思った。もちろん、ヅアンにはそのような靴を買う余裕はなかった。

あのスニーカーを履いて走ると空を飛んでいるような気がするだろうな、とヅアンは思った。空まで駆けていき、鳥と友だちになるのって、すてきじゃない？

だが、ヴォンの下品な悪態によってヅアンは地上に、現在に戻された。脚を上げるのがどんどん難しくなってきた。足が地面を打つたびに痛む。まともに呼吸ができなくなった。太陽はあまりに熱く、まぶしい。

「もっと速く走らないのなら、いますぐ出ていって二度と戻ってこなくてかまわんぞ。そのかわりこの町のほかのどの工場でも仕事が見つかると思うな。おれは親方たち全員を知っているからな」

ヅアンは諦めかけた。走るのを止め、ただ歩いて立ち去りたかった。家へ帰りたかった。そこへ帰れば、母の温かい抱擁のなかで泣き、肩にもたれて眠りに落ちることができる。だが、そのとき、自分が眠ってしまったあとの寝室のまわりの光景が思い浮かんだ。建設現場の事故で両脚の機能を失ってからベッドに寝たきりになった父がいるだろう。絶望にかられて天井をじっと見つめ、唇を嚙みしめ、痛みからくる苦悶の声を出さないようにしている。父の隣には母がいて、町の反対側にあるシャツ工場に歩いていくため、陽が上がらぬうちに起きなければならない。母が稼ぐ金は父の薬代に消えている。家族の食糧を買い、兄を省都の高校に通わせているのは、ヅアンの賃金だった。だけど、ヅアンがクビになったら、家族はどうなるのだろう?

もちろん、母はぎゅっと抱き締めてくれるだろうが、自分がもはや幼い少女ではないことをヅアンはわかっていた。

ヅアンは勇気を奮い起こし、もっと速く走った。

ヅアンがふらふらと工場に戻ってくると、数人の女の子が顔を上げたが、大半はあまりに忙しくてヅアンを無視した。ヴォンは女子工員たちがほとんど追いつけないくらい機械を速く動かして、オーナーたちにいい顔をしていた。

広々としたホールには騒音が充ちていた——縫製ステーションが発する断続的なジクジクジクという音、打ち抜き加工やダイカッター装置が発するヒュン、ガタンという音、吊りこみと圧着作業をおこなっている作業台から聞こえるシューッという音。

ヅアンはダイカッターに向かって戻っていき、装置の餓えた刃《ブレード》にプラスチック板を供給するあわただしい作業に追いつこうとした。喉が渇いて、暑かった。化学物質と糊とプラスチックがもたらす埃と煙にヅアンは咳きこみ、あえいだ。涙で目が霞む。ヅアンは乱暴に、腹立たしげに涙を拭った。

ヅアンは交替時間のことを考えて気を楽にしようとした。家に帰り、母が熱いお茶を用意してくれているだろう。母のほうがヅアンより疲れているはずなのに。

「もっと急いで！」相棒のニュンがヅアンの白昼夢を遮った。「あんたが遅れているせいで、あたしも遅れてる。罰せられたくないんだ！」

ヅアンは脚が痛くて、まっすぐ立っていられなかった。部屋が自分のまわりでグルグル回っているかのようだ。だが、ヅアンは作業スピードを上げようとした。本気で上げようとした。運んでいるアッパー（靴の甲を覆う部分）の束の勢いを利用してもっと速く動こうとし、体をまえに投げだした。地面のなにかに足が引っかかった。運んでいたものを落とし、両手で目のまえの機械を掴んで、かろうじてそれに頭をぶつけずに済んだ。女子工員たちは、工場の床に壊れた機械のパーツを置きっぱなしにしているのがとても危ないとしょっちゅう文句を言っていたが、ヴオンはおまえたちの注意が足りないと言うだけだった。

ちょっと休憩しよう、とヅアンは思った。

時間がゆっくり流れはじめた気がした。子どものころの記憶のように、瞬間瞬間が意識のなかで長くなっていく。

指に圧力を感じた。カッターの刃がザクッと降りてきて、瞬間、信じがたい痛みが襲ってきた。ニュンの叫びと悲鳴が遠く彼方から聞こえてくるようだ。ごめん、とヅアンは思った。ニュンをこれ以上厄介事に巻きこむ気はなかった。

倒れながら、ヅアンは機械の足下にある壊れた錆だらけの尖った金属が顔に迫ってくるのを見た。ヅアンは目をつむった。

人影がヅアンのまわりに集まった。さらに叫び声が上がっている。いちばん大きな声はヴォンの怒鳴り声だった――「仕事に戻れ！　仕事に戻るんだ！」

そうだ、ヅアンは思った。あたしは仕事に戻らなきゃ。すぐに起きるよ、母さん。

だが、ヅアンはもう自分の手や脚、体を感じられなかった。自身が下にあるカットされていないアッパーの束に染みこんでいくのを感じた。意思の力でアッパーの繊維にしがみつき、柔らかな素材に自分自身を織りこもうとする。たんに消え去るなんてごめんだった。やらねばならない仕事があった。

「どうしてこれを捨てなきゃならん？」ヴォンがいらだたしげにだれかに話しているのが聞こえた。「立派に使えるものだ！　ほんのちょっと血がついているだけだ。その分をおまえの工賃から引いてほしいのか？」

するとヅアンは自分がベルトコンベヤーに載せられるのを感じた。ダイカッターの鋭い刃に切り取られ、空圧プレスの金属的で重たいパンチをこうむり、針と糸に刺され、熱接着剤の苦みを味わった。悲鳴を上げたかったが、上げられなかった。

母さん、ごめんなさい。


暗い箱のなかに入れられ、ヅアンは太平洋を横断し、このあらたな大陸のハイウェイを通り抜け、靴屋の倉庫に入るまでの旅をほとんど覚えていなかった。だが、ようやく目覚めるころには、マサチューセッツにある郊外住宅という新居に連れていかれていた。その住宅でヅアンはピカピカ輝く紙に包まれ、たくさんのほかの包装された荷物とともにツリーの下に置かれた。その家で話されている言葉をヅアンはわからなかった。だが、包み紙をほどかれ、箱から取りだされたとき、少年の顔に浮かんだ喜びは、理解できた。少年はヅアンを曲げ、足に履き、家のまわりを跳び回った。

こちらを見ている両親の顔に浮かんだ表情も理解できた。甘いバインザンを手渡してくれるとき、父は、彼らとおなじように自分にほほ笑んでくれたものだった。

やがてヅアンは少年の名前がボビーであり、彼が速く長く走りたがっていることを理解した。

毎朝、ボビーはヅアンを連れて走りにいった。パリッと乾いた冷気のなかを走るのがヅアンは好きだった。故郷のヴェトナムと異なり、ここはじつに静かだった。ボビーは一定の無理のないペースで走り、ヅアンは歩道に自分が立てる優雅でリズミカルなはずむ音を好んだ。ときおり、羽ばたく雀《すずめ》のつがいのように、自分が地面すれすれに飛んだり、急降下しているところを思い描いた。

地を蹴って、ヅアンは話すこともできた。タッ、タッ、タッ。露に濡れた草と陽に温められた歩道へヅアンは歌いかけた。ザク、ザク、ザク。車回しの砂利や、路肩沿いの小石を踏みしだく。まわりの住み心地の良さそうな大きな家、清潔な道路、幅広いひらけたスペースをしげしげと眺める。ボビーの息づかいに耳を傾ける。まるで彼とヅアンが永遠に走っていかれるかのように、規則正しく深い呼吸だ。

ヅアンは努めて自分を哀れまないようにした。確かに、ヅアンはもう人ではなく、物だった。だが、工場での元の生活において、自分が機械の延長に過ぎないと感じることがよくあった。金属とゴムの代わりに肉と骨でできたレバーあるいはベルトだ、と。それと比較して、走るボビーの足を包んでいると、ずっと実体があるように、ずっと生き生きしているように感じられた。

ヅアンは母が恋しかった。母に伝言を届けられるようにとたびたび願った――母さん、あたしは元気だよ、もうお金や食べ物やノルマや痛みを気にしなくていいの。父の具合がよくなり、兄を学校に通わせつづけられる方法が見つかっているよう願った。

春が夏に変わり、秋が来て、冬になった。ヅアンは氷に足がかりを見つけるという難事に挑むのが好きだったが、雪のなかを走るのは、ヅアンの体では難しかった。彼女の体にひび割れができ、水が染みこみはじめた。自分が牽引力を、地面との摩擦力を失いかけているのが感じられた。


また春になった。ボビーは箱を開け、新しいシューズを取りだした。

ヅアンはその新参者を恐怖を抱いて見つめた。ボビーに床の上で蹴り飛ばされ、悲鳴を上げながら、ヅアンは新しいシューズに囁きかけたが、新しいシューズはヅアンと違って、生きてはいなかった。ボビーは新しいシューズを履いて、紐を通し、履き心地を試すため、跳ねまわった。

それからボビーは身を屈めると、ヅアンを手に取った。ふたつに別れているヅアンを靴紐でひとつに結び合わせた。ヅアンの胸が高鳴った。ボビーはあたしを忘れていなかったんだ。お払い箱になるんじゃない。いっしょに走りつづけるんだ。

ボビーが走っているあいだ、彼の首のまわりにぶら下がっているのは、異なる感覚がした。ヅアンは高く持ち上げられ、さまざまなものを見られるのが気に入った。子どものころ、父に肩車され、祭りのパレードを見たときと少しだけ似ていた。

ヅアンは母がよく歌ってくれた古い歌を歌いたくなった。まだ声が出せればいいのにと悔やむ。ボビーに自分の物語を聞かせたかった。埃っぽくてやかましい工場の話、おしゃべりをする女の子たちの話、家で出される甘い香りのするお茶の話、気持ちを穏やかにさせてくれる母の声の話をしたかった。ボビーなら興味を抱いてくれるんじゃないかしら？　ある意味、安くて優れたランニング・シューズが欲しいというボビーの願望が、太平洋を越えてヅアンをこの新しい命に生まれ変わらせたのではないかしら？

ボビーは道ばたで立ち止まった。頭の上に黒い電線が渡されていた。すると、ヅアンは本当に飛んでいた。宙高く。弧の頂点に達すると、ヅアンは落ちはじめたが、靴紐が電線に引っかかった。ヅアンは道の上、高いところで宙ぶらりんになった。道路の両側、見える範囲にはなにもない。

ボビーは路肩を越えてすでに姿が見えなくなっていた。彼は振り返りもしなかった。

ヅアンはため息をつき、気持ちを落ち着かせた。何年も先を想像する。雨や霙《みぞれ》、雪や太陽。自分が年老い、朽ちてばらばらになるところを想像した。

だが、一陣の強風がヅアンを持ち上げ、両側に開いた靴紐の穴や、足底のひび割れから口笛のような音が出た。ここでは、風が強いのだ。

「こんにちは」ヅアンは自分が手に入れた新しい声を試し、電線の上で居眠りをしていた雀を驚かせた。いまやヅアンは大きな声を持っていた。いままでになかったくらい、大きな声を。

あたしはついに空に駆け上がったんだ、とヅアンは思った。鳥たちと友だちになろう。

朽ちかけているヅアンの体を風が通り抜け、唸りと呻きを出させつづけるなか、ヅアンは自分の物語を歌いはじめた。

草を結びて環《たま》を銜《くわ》えん

一六四五年　中国江蘇省揚州

三月茶房の主人が、緑鶸《みどりのまひわ》と雀《すずめ》を二階の個室に連れていった。そこでは六人の男が食卓を囲んでいた。

開いた窓から雀は、揚州の騒がしい往来に優しい春雨《しゅんう》が降り注いでいるのを見た。人夫や兵士が街の城郭補強に駆けまわっている。「愛しげな腰よの」食卓の上座に座っていた男が緑鶸をしげしげと眺めて言った。男はまっさらに見える赤い戦闘用合羽をまとっていた。軍隊長だと雀は推測した。

緑鶸は軍隊長になまめかしい笑みを向け、窓のそばにある絹張りの長椅子のほうに優雅に移動した。軍隊長が酔眼で緑鶸の姿態に見とれている一方、緑鶸は雀にうなずいた。雀は急いで琵琶を渡し、続き部屋の隅に引っこむと、目立たぬように気配を消そうとした。

二週間まえ、緑鶸とともに客を訪ねたとき、緑鶸は鵲《かささぎ》女将に苦情を言った。

お客さんは気品のある雰囲気にお金を払っているのであって、この子の泥まみれの靴や床掃除でアカギレだらけの指をしょっちゅう見せられるために払ってるんじゃないんですよ！

雀の耳が熱くなった。鳴禽花園にいる遊女《おんなのこ》のなかで、緑鶸がいちばん意地が悪い。とはいえ、雀は緑鶸の愛情をいちばん欲していた。

腹が鳴り、雀は食卓に並べられた豪勢な料理を焦がれながらまじまじと見つめた——砂糖をまぶした蓮の実、葡萄酒で漬けこんだ菱《ひし》の実、塩ゆで落花生、凍《し》み豆腐、肉粽《ちまき》……。満州族が揚州を包囲して以来、鳴禽花園のほぼ全員がただのお粥と黴《かび》臭い野菜の酢漬けというわずかな食糧でかつかつやってきた。手に入りうるまともな食べ物は、緑鶸のような売れっ子のため、とっておかれていた。

「李《リ》隊長、あなたのような勇猛の士にこそ、妓楼一の娘がふさわしいですぞ！」ほかの男たちのひとり——贅沢な長衣から塩商人とわかる——がそう言って、隊長の杯に葡萄酒を注ぎ直した。

「温《オン》大人のおっしゃるとおりだ。勇敢な丈夫《ますらお》は、すばらしい美女を侍《はべ》らせねばなりません！」別の男が言った。

三番目の男がさえずった。「そのような女とて、あなたさまの……その……」あらたな褒め言葉を探そうとして、男は口ごもった。「……勇猛果敢さを考えれば、かろうじてふさわしいとしか言えません」ぎこちなく締めくくる。

武官に媚びへつらう男たちの言葉を聞いていると、雀は笑いだしたくなった。李《リ》隊長に率いられている兵士たちは商人たちの家に駐留しているのだろう。下品な男たちが商人たちの美しい屋敷を散らかしている様子に、商人たちは苦り切っていた。彼らは金を持ち寄って鳴禽花園でもっとも人気の高い娼妓、緑鶸を招き、李《リ》隊長の接待を任せ、李《リ》が部下たちの手綱を引きしめてくれるのを願った。

「李《リ》将軍」緑鶸は言った。緑鶸の声は、その名が示す小鳥《まひわ》の鳴き声に似て、優美で心地良い響きがした。「お気に入りの弾詞《だんし》は、おありですか？」

「将軍ではなく、隊長――」男たちのひとりが言いかけたが、温《オン》に食卓の下で足を踏まれて悲鳴をあげた。

「この女には将軍のように見えるのだろうな」李《リ》隊長は笑い声をあげた。

「ときには愚者が真実を話すこともあります！」温《オン》は言った。「満州の野蛮人どもが閣下のお力のまえに縮こまったあとで、閣下は昇進されるやもしれませんぞ！」

李《リ》隊長は謙遜するかのように首を振ったが、あきらかに喜んでいる様子だった。雀は緑鶸の手並みに感嘆した。彼女の言い間違いが、五人の商人全員の想像力を欠いた繰り返しの多いお世辞よりも李《リ》隊長をいい気分にさせたのだ。

緑鶸はとても賢く、とても綺麗で、すべての顧客からとても敬われていた。だが、緑鶸は雀に優しい言葉をかけたことが一度もなかった。雀が幼い娘だったとき、緑鶸は、雀を磨き上げて美しくしようとするのは、時間と金の無駄だから必要ないと鵲女将を説得した。階段を走って上り下りし、ほかの女の子たちの雑用をこなせるよう、足を縛って纏足《てんそく》にしないほうがいい、と。

「おれはただの粗野な兵士だ」李《リ》隊長は言った。「弾詞のことはなにも知らん。おまえの好きな話をしてみてはどうだ？」

緑鶸はうなずき、ひざの上に琵琶を載せた。「将軍と美女の話題になっておりますす以上、魏《ギ》顆《カ》将軍と、彼が救った妾《めかけ》の話で賓客のみなさまをおもてなしするというのはいかがでしょう？」

「おお、それはおもしろい話のようだな」李《リ》隊長は言った。

緑鶸はほほ笑むと、軽快な旋律をつま弾きながら、歌いはじめた。

王よ、公よ、将軍よ、大臣よ
乞食よ、僧よ、盗人よ、妓楼の女よ
これから語るのは、
あなたがたの憐憫の情がかきたてられる物語

知り得ぬ運命の道筋をたれぞ知る？

緑鶸はいったん口をつぐみ、琵琶を抱え直すと、語りはじめた。生き生きとした声と仕草で。「皇帝の御代がはじまる以前の時代に遡りましょう。国々が覇権を競っていた春秋時代のころに。晋の魏武士《ギブシ》が重い病にかかり、息子の魏顆《ギカ》を呼び出して、言いました――」

わが子よ、我が死んだら
お気に入りの妾を我とともに埋葬するな。
あれはまだ若く、優しい心根の持ち主だ、
海辺に座って余生を送るに値する。

「すると、魏顆《ギカ》は、忠実な息子であったので、はい、と答えました」

「その妾はおまえとおなじくらい美しかったのかな？」李《リ》隊長が口をはさんだ。「古代の風習は、少し厳しすぎるが、もしその妾がそれくらい美しかったのなら、おれがおなじ立場であれば、ずっといっしょにいたいと願うのはまちがいないな」隊長は笑い声をあげた。

ほかの男たちも笑い声に加わり、みな、おなじように願うでしょう、と言った。

暗い墓に連れていかれ、重たい石の扉を閉められ、封印されることを考え、雀は身震いした。

男たちの笑い声に雀は怯えた。（魏《ギ》大臣がここにいる男たちより親切な心の持ち主なのは、いいことだ）
「わたしは妓楼の卑しい娼妓にすぎません」緑鶸は言った。落ち着いた表情を浮かべている。「魏《ギ》家の愛妾と比べるべくもありません」
「つづけてくれ」酒杯を飲み干して、李《リ》隊長は言った。商人たちは我先に隊長の杯を充たそうとした。
「魏《ギ》大臣の病気が悪化しました。彼はふたたび魏顆《ギカ》を呼び出して、言いました――」

我が死んだら、わが子よ、愛しい妾を我とともに埋めてくれ。

石の墓のなかで、あれとひざをつき合わせていないと寂しくてたまらなくなるからだ。


「はは、老人はいずれ本心に立ち返るだろうとわかっていた」李《リ》隊長は言った。

雀は首を横に振った。（なぜ緑鶸はこんな不気味な話を持ち出さなければならなかったんだろう？）

緑鶸は隊長がなにも言わなかったかのように先をつづけた。「ですが、魏顆《ギカ》は父親をひとりのまま埋葬し、妾には再婚を許したのです」

「父親の願いに従わなかったのか？」酒で顔を真っ赤にした李《リ》隊長は、懐疑的な表情を浮かべた。

「なんと親不孝な！」商人のひとりが言った。

「徳を欠いた男だ」別の商人が仲間の意見に賛同した。

「当然ながら、わたしのような女が徳について意見を申し上げることはできません」緑鶸は言った。「晋国のおおぜいの人間が父親の頼みを聞かなかった魏顆《ギカ》を非難しましたが、魏顆《ギカ》はうろたえませんでした。『最初、父がわたしに話したとき、父はまだ聡明だった。だが、二度目に話したとき、父の病はとても重く、自分がなにを言っているのかもはやわかっていなかった。わたしは父の真の願いを尊重した。おおぜいの口が徳を語るが、真なるものは、わが心にのみ存《あ》る』」

「小賢しい詭弁だな」李《リ》隊長は、鼻を鳴らした。

緑鶸は琵琶を少しつま弾いて、場面転換を知らしめた。「数年後、秦国が晋に侵攻し、魏顆《ギカ》は故国を守る司令長官に任じられました。秦晋両軍が輔氏《ホシ》で相まみえたとき、秦の勇将で、杜《ト》回《カイ》という男が魏顆《ギカ》に一騎打ちを挑みました。

この杜回《トカイ》は大男でした。身の丈八尺、両の眼は悪鬼のように炯々と光っております。拳は銅《あかがね》の壺ほどの大きさで、斧を振るえば、一撃で馬の脚が斬り飛んでしまうほどでした」

「あなたさまそっくりですな、李《リ》隊長」商人のひとりが言った。

「李《リ》将軍のまちがいではないのか？」別の商人が言った。

李《リ》隊長は苛立たしげに商人たちに手を振り、黙らせた。

緑鶸はつづけた。「魏顆《ギカ》は、勇猛に戦いましたが、杜回《トカイ》はとても獰猛で、重たい打撃を受け流しているうちに魏顆《ギカ》の両腕が痺れはじめました。魏顆《ギカ》は後退を余儀なくされ、杜回《トカイ》が執拗に迫ります。

まもなく、ふたりは丈の長い草に覆われた丘にたどり着きました。ふたりが丘を駆け上がろうとしたとき、杜回《トカイ》がつまずいたのです。その機会を逃さず、魏顆《ギカ》は振り返り、杜回《トカイ》に立ち向かい、首を刎ねることに成功しました。

少しして心を落ち着けてから、魏顆《ギカ》は杜回《トカイ》の足下の草がすべて結ばれているのに気づきました。あたかも何者かが罠をしかけたかのように。顔を起こしたところ、一匹の猫鼬《ネコイタチ》が駆けだして、草の海に姿を消すのを目にしました。

その夜、魏顆《ギカ》将軍が露営地で眠っていると、夢のなかでひとりの老人に会いました。

『そなたは何者だ?』と、魏顆《ギカ》は訊ねます。

『わたしはお父上の妾の死んだ父親でございます。わが娘の命を救って下さったお礼に、微力なれども精一杯のお力添えをするため、この世に猫鼬として舞い戻らせていただけるようお願いしたのです』」

われらがおこないのいずれにも、

やがてそのこだまが返ってくる
業が運命の輪をまわす、
のぼる際には気をつけるべし

緑鶸は琵琶を数度かき鳴らして、話の終わりを強調した。

李《リ》隊長は夢から覚めたような表情を浮かべた。「巧みに語られた、すてきな話だ」

緑鶸は笑みを浮かべて、感謝の意を伝えた。

「誉れ高き魏顆《ギカ》将軍を記念して、乾杯しようではないか」

李《リ》将軍のほうがはるかに誉れ高いですぞ、と商人たちが口々に言おうとしたとき、三月茶房の主人が個室の扉を開け、李《リ》隊長の傍らに駆けつけて、書き付けを渡した。

「公用ができた」李《リ》隊長が言った。「諸君、残念ながら、ただちにお暇《いとま》しなければならない」

「ですが、隊長、この女が差し出すはずのお楽しみをまだろくにご享受いただいてはおりません」商人のひとりが言った。緑鶸を呼ぶのに費やした金のことを考えているのが明白だった。

そののち、商人はおずおずと付け加えた。「満州族がさらなる災いをもたらしているのでなければいいのですが」

「心配するな」李《リ》隊長は、続き部屋の扉にふらつく足で向かいながら言った。「揚州はすでに七日間、やつらの攻撃に持ちこたえた。あの粗暴な蛮人多鐸《ドド》は、当地にこれ以上長くいられるほどの食糧を持っていないはずだ。史可法《シ・クアファ》兵部尚書《ちょうかん》は、ご自身が生きているかぎり、揚州の住民のだれにも危害を及ぼさせはしない、と誓われた。おれもおなじことを諸君全員に誓う」

隊長は階下に姿を消し、一瞬の沈黙ののち、商人たちは不平不満を口にしはじめた。

「まったく教養のない男だ」ひとりが言った。「洗指碗の正しい使い方すら知らなかった！はやく満州族がいなくなって、ああいう無教養な農民兵に付き合う必要がなくなってほしいものだ」

「まさしく、あいつらは犯罪者と変わりませんな」べつの商人が付け加えた。

「ほかになんの技能もないかぎり、だれが軍に加わろうとするでしょうや？」三人目が言った。

反射的に雀は口をひらいた。「李《リ》隊長はわたしたちみんなを守るため戦っておられます。たとえ無作法だとしても、とても勇敢な人だと思います」

商人たちは雀がまだ部屋にいるのを知って、驚いた様子だった。

「これははじめての経験だ」温《オン》が鼻で笑った。「このわたしが、娼婦風情に徳や敬意について、説教されるとは」

「高貴なるご主人がた」緑鶸が言った。「分別の足りぬ、無知な子どもをお許し下さい。わたしどものような女は、自分たちに備わっているはずがない徳を崇めるしかできないのです。ですが、わたしの揚げ代の残りという、ささやかな問題があります」

雀は、輿《こし》のかたわらを走り、緑鶸の荷物の重さに苦労しながら、輿の窓に向かって囁いた。

「ごめん！　黙っていられなかった」

なかから緑鶸は窓にかかっている垂れ布を持ち上げ、そっけなく答えた。「鵲女将のことは心配しなくていい。あたしがあしらう」

雀はほっとした。雀の仕事の一部は客にかならず代金を払わせることだった。鳴禽花園は、しかるべき慎みを保つ必要がある、と鵲女将は信じており、客が彼らの注文した女の子とお代の値切り交渉を直《じか》にするのは、見苦しいことだった。しかしながら、雀のような使用人なら、必要とあらば、公衆の面前で恥をかかせる行為をして、金を払うよう迫ることができた。

だが、雀が思わず言葉を発したあと、気分を害した商人たちは、丸一昼夜分の代金を払うつもりはないと主張し、時期が時期であるだけに、恥をかくなど気にしていなかった。彼らを宥《なだ》め、昼間の代金だけでも払わせるには、緑鶸が懸命に働かねばならなかった。

「ありがと」息を切らしながら、雀は言った。こういうとき、自分の足が縛られていないことを雀はありがたく思った。だいたい、だれも雀を運んではくれないだろう。それは確かだ。

「どうせ、おまえはろくな説明をしないだろうし」緑鶸は言った。「そうなればあたしたちふたりとも困ったことになる」

雀の顔が一瞬で紅潮した。緑鶸の態度が和らいできたと雀が思うたびに、その幻想を打ち砕くような言葉を緑鶸は口にする。自分が雀を好きではないことをわざわざ当人に知らせようとしているかのようだ。

それでも雀は年上のこの女性と話すのが好きだった。彼女はほかのだれも言わないようなことを口にする。「ねえ、緑鶸」雀は輿の担ぎ手に盗み聞きされないよう、窓のそばで囁いた。「ひとつ訊いていい?」

垂れ布は上がらなかった。「どんなことを?」

「満州族は揚州を征服すると、それから、ほんとに思ってる?」

一瞬、沈黙があった。「そうならないよう願ったほうがいい。都市《まち》が陥落すると、ふつう、女はうまくやっていけないものだし、あたしたちみたいな女は、とりわけ、ひどい目に遭う」

「だけど、史可法《シ・クァファ》兵部尚書は、あたしたちの無事を約束してくれたよ」

冷ややかに喉を鳴らす笑い声。「男たちは、いつだって自分たちのした約束を破るもの。お代を満額払うと約束されていただろ。もらったかい?」

雀は飾り帯に付けている財布の軽さを認めた。(どうして緑鶸はあたしの気を楽にさせてくれるようなことを言えないんだろう?)「だけど街のなかにはとてもおおぜいの兵士がいるじゃない。こないだも通りで西洋式大砲を引っ張っているのを見たよ——」

「揚州が北京よりも防備が堅いと思ってるの?」

雀はそれに対してなにも言えなかった。その想像を絶する事態は、つい昨年起こったばかりだった。満州族が北京を陥落させ、皇帝は首を吊って死んだ。明朝《みん》の新皇帝は、いまや長江の南岸にある南京に身を隠している。満州族は、中国全土を征服すると宣言しており、いまのところ、だれもそれを止められずにいた。

雀は話題を変えた。「運命をほんとに信じてる？　それから……死んでから戻ってくることを？」

「いったいなんの話？」

「ほら、きょう語っていた弾詞の話みたいに。物事はどのように帳尻が合って、善行はどのように報われるのかな？」

「あれはただのお話だよ」

「わかってる。だけど……ここにはおおぜいの人がいるじゃない。その大半の人たちは、なにも悪いことをしたわけじゃない。みんな祖先や観世音や太上老君やキリストに祈りを捧げている。みんな満州族になにかひどいことをしたわけじゃない。なにかの神さまか、あるいはひょっとしたら運命が、みんなを守ってくれるんじゃないの？　そうでなけりゃ、とても不公平だよ」

緑鶸はため息をついた。「馬鹿なことをお言いでない。父が追放の身になったとき、あたしは五歳だった。五歳で身売りされたんだ。父の罪にあたしがなんの関係をしていたというの？　親元から誘拐されたとき、おまえはほんの赤ん坊だった――両親がだれなのか、どこの出身なのかすら知らないだろ――そして鵲に売られた。人生が公平なんてどこの話？」

「現世ではそうじゃないかもしれないけど、あんたの話のように、来世がある……それも信じていないの？」

「そうね、来世は、本物の鳥として戻ってこようかな。そしたらたっぷり食べるものがあるだろうし、まずいことになったら飛んで逃げられる。だけど、そんな生まれ変わりがほんとうに起こるなんてだれが確かめられる？　見たり触れたりできないものを信じるってどういう意味？　あたしはね、黄金や宝石を信じている。客を幸せな気持ちにしたら、もっとお代を払ってくれると信じている。お金を貯めて、自分自身を鵲から買い戻せるようになることを信じている。まあ、気にしないで。おまえのめそめそしたおしゃべりであたしの時間を無駄にしてるけど――」

ちょうどそのとき、輿の担ぎ手のひとりがつまずいて、あやうく倒れそうになった。担ぎ手は毒づいた。

緑鶸が窓から頭を突きだした。「なにがあったの？」

雀は、二、三歩あとでしゃがみこんで、言った。「道に燕《ツバメ》が一羽いる。片方の羽が折れているみたい。担ぎ手が踏んづけそうになったの」

「急いで、こっちへ持ってきて」

雀は小さな行李《こうり》と琵琶を下ろし、手巾でツバメを包むと、恐る恐る輿まで運んだ。小鳥の胸はせわしなく上下しており、その目は瞬膜がかかっているようだった。ツバメは雀の手のなかでもがこうとしなかった。

「この子にあまり時間は残っていないみたいだよ」小鳥を手渡しながら、雀は言った。

緑鶸が唇を噛んだ。「餌になる、なにか栄養のあるものがあればいいんだけど。お粥ではこの子に必要な力にならない」

ここが雀を当惑させる緑鶸のもうひとつの点だった。傲岸不遜で意地悪なのに、緑鶸は苦しんでいる動物を見るのが忍びないのだ。肉を食べないだけではない——客に応対するには痩せすぎているとやきもきする鵲女将を、自分は信心深い仏教徒だからと主張することで躱《かわ》していた。もっとも、雀は緑鶸が観世音に祈っているのを見たことがなかった。家の掃除をしているときにほかの女の子たちが蜘蛛や蠅を殺すのを緑鶸はけっして許さなかった。それに緑鶸は怪我をした猫や小鳥、ときおりやってくる物売り商の使役馬ですら、世話を焼き、恢復するまで面倒をみる癖があった。

興味があるのは自分のために金を貯めることだけだと主張する人間にしては、奇妙な趣味だった。

だが、緑鶸の目に浮かんだ心配の表情に、年上のこの娘が一日じゅうひどく横柄だったのを雀は忘れた。雀は飾り帯の下に隠していた小さな包みを取り出した。

「ひょっとしたらこれが役に立つかも」

緑鶸が包みをあけると、商人たちがお代を巡って緑鶸と揉めている隙に食卓からこっそり雀がくすねてきた肉粽が数個姿を現した。雀はあとで食べるつもりだった。みんなが眠ってしまってから。もしその盗みに鵲女将が勘づいたら、雀は鞭打たれるだろう。

「ツバメが食べるような昆虫やなにかに近いものだと思うよ。どのみち、ほんとはこの手の肉粽は好きじゃないんだ」奇妙なことに、緑鶸にその食べ物を分け与えると、盗んだこと自体から気が楽になった。

「ありがとう」緑鶸は言った。その声に現れている優しさに、それをもう一度聞くためだったら、なんでもやろうという気に雀はなった。

翌日の午後、まだ霧雨が残っていた。雀が法外な値段になっている食糧を買おうと市場にいたとき、叫び声がはじまった。

「やつらは城門を開けた――」

「――援軍じゃない――」

雀のまわりで、すべてが混乱を極めた――男も女も四方八方に押し合いへし合いし、子どもたちが泣き、馬にまたがった数人の乗り手は、だれを踏みつけようとおかまいなしに群衆のあいだを通り抜けようとした。輿が落とされ、物売りの荷台が押し寄せてくる人群れに壊された。こぼれ落ちた果実や菓子が恐慌状態に陥った人々に踏み潰されて、甘い香りや香辛料の香りがふいに立ち上った。

「あれは史可法《シ・クアファ》兵部尚書じゃないか？」

「市を出ようとしているぞ！　逃げ出すんだ――」

雀は隣にいた若者の袖を引いて、声を張り上げた。「なにがあったの？」

「満州族が奸計を用いて、市の城門を開けさせたんだ。揚州はおしまいだ！　予親王多鐸《ドド》は、揚州の住民皆殺し命令を下した」

「住民皆殺し！　どうして？」

「ほかの中国の都市への見せしめにするためさ！　従わなかったらどうなるか猿に見せるため、鶏を殺すようなものだ」

若者は雀に摑まれていた袖を振り払い、混乱を極めている群衆のなかに姿を消した。遠くで、煙の柱が市の城壁から立ち上りはじめた。

雀は人群れを掻き分けてやっと市場から脱出した。鳴禽花園に駆け戻ると、鵲女将とほかの女の子たち全員が不安を顔に浮かべて玄関の間で待っていた。

「ほんとなのかい？」鵲女将が訊いた。

雀はうなずいた。「住民は皆殺しになるとみんな言ってます」雀は目まいがした。（あたしは、死ぬには若すぎる）

鵲女将は冷静だった。「たぶん大明帝国は滅びる運命にあったんだろう。あたしたちが市内に散らばれば、一部の人間は切り抜けられるかもしれない。金持ちの贔屓筋のいる者は、いまがそれを最大限に利用するときだよ。客の家にいき、なかに入れてもらうよう頭を下げ、心からお慕いしていると言い、とても従順な妻のひとりになりますから、と伝えるんだ。なにもかも置いていくんだよ。あんたたちの借金は棒引きにする。もしこれを生き延びられたなら、あんたたちは自由の身だ。いきな！　ぐずぐずしている暇はない」

一部の女たちは玄関扉に向かって動きはじめた。ほかの女たち、とりわけ頼れる客の当てのない雀のような若年の少女たちは、うずくまって、泣いた。

「止まりな」緑鶸が言った。鵲女将に向けられた彼女の視線は、冷ややかだった。「こんな状況で生き延びるには、お金が必要だよ。女将さんは金を独り占めできるよう、あたしたちみんなを追い出したいんだろ」

鵲女将の目が、おなじように冷ややかなものになった。「この家にあるお金はみんな、このあたしのものだ」

「その金はあたしたちが体で稼いだんだ」緑鶸は言った。「いまは、証文なんて知ったこっちゃないね。もし盗人だと訴えたいのなら、官衙《かんが》へいって、陳情すればいい」

戸口の近くにいた女たちが立ち止まり、振り返った。彼女たちの顔に浮かんでいた恐怖と不安が、緑鶸の示しているのとおなじ冷ややかで、決然とした表情に徐々に置き換わった。

数で負けているのを見て取り、鵲女将は、口調を和らげた。「半分ずつにわけるというのではどうだい？」

緑鶸は喉を鳴らして陰気に笑った。「料理人と下男が逃げていったそうだよ。あのふたりがあんたの金櫃《かねびつ》になにがしか残していってくれたことを願うんだね」


緑鶸と雀は、人混みを避けて、ひどく狭い道やひどく暗い路地を選んだ。ときおり、逃げていく明兵の小集団が、血の付いた甲や鎧を脱ぎ捨て、民間人に紛れようとしていた。

「鵲は自分勝手だったかもしれないけど、ひとつのことについては正しかったね」額から汗を拭いながら、緑鶸が言った。「群れて関心を惹かなければ、あたしたちはずっと安全だというのは」緑鶸は立ち止まり、壁に手をついて体を支えた。緑鶸は纏足のせいで、ゆっくりと足を引きずってしか歩けなかった。半里歩いただけでも、疲れ切っていた。

（籠に入れてあのツバメを運んでいるのもよくないんだけど）雀は思った。

「おまえひとりでいきな」緑鶸は言った。「運河沿いの寺院にいくんだ。たぶん満州族は、ほかのなにも尊敬してなくても、仏陀は尊敬してるだろう」

「あんたから離れないよ」

緑鶸は喉を鳴らして笑った。「いいね、おまえも大切なことを学んだみたいだ。もっとも、あたしは鵲とはちがう。さあ、これをあげよう」緑鶸は財布を取り出し、中身を手のひらに空けた――宝石やいくつかのバラ銀――女たち全員でわけあったあと、鵲女将の隠し財産は、たいして残っていなかった。

緑鶸は翡翠の指輪をつまみ上げ、指にはめた。「これは持っておく。父にもらったものさ……あたしがここにくるまえに。不安になったとき、これに触れると、気持ちが楽になる」緑鶸は銀の半分と残りの宝石を雀に差し出した。「さあ、いきなさい」

雀は差し出されたものを受け取らなかった。「あんたは賢いし、あんたにくっついていたほうが、あたしが生き延びる見込みが高い」

「ふん！　バカな子だ。もうひとつ教訓を教えてあげる――差し出されたお金をけっして拒むんじゃない」緑鶸は貴重品をすべて財布に放り戻した。悲鳴や蹄の音が刻々と迫ってきているようだった。「どこか隠れる場所を見つけないと、貧乏人の家の地下室のようなところを。金持ちの屋敷は、人目を惹きすぎるだろうね」

ふたりは通りすぎる家という家を試してみたが、だれも扉を開けようとはしなかった。やがて、扉が半開きになっている一軒の家にたどり着いた。その扉から、広間の梁にふたりの女性が首を吊ってぶら下がっており、ひとりの男がその足下で死んでいるのが見えた。男の首と頭のまわりには血だまりができていた。

雀はあえぎを漏らしたが、緑鶸は躊躇《ためら》わずになかに歩を進めた。一瞬、躊躇してから、雀も足を踏み鳴らして、あとにつづいた。

緑鶸が壁をじっと見つめているのを雀は見た。壁には二行にわたって文字が書かれていた。

墨はまだ乾いていなかった。

雀は文字が読めなかった。「なんて書いてあるの？」

「これは徳と信仰について書かれた詩だね。書いた人間は、自分と家族なら皇帝にもっとうまく仕えることができただろうに、無念でならないと思っていた」

「哀れな男」

「こいつの妻たちのほうが可哀想だよ。夫に言われなければふたりは首を吊ったかどうか。なにが徳と貞淑だ」緑鵶は唾を吐いた。

「ここから出ようよ」

「いや、ここは隠れるのにうってつけの場所だよ。満州族はここの住人全員が死んだと思うだろう。あたしたちがやらなきゃならないのは、ここが略奪されたように見えるようにして、詳しく探す理由がないようにすること」

「あんたが鬼を怖がらず、死者を敬いたがらない人間なんだってわかっておくべきだった」雀はぼそぼそとぼやいた。「あんたはなにも信じないんだ」

「この家の人たちは信じていた」緑鵶は言った。「でも、それはこの人たちになんの役にも立たなかっただろ」

厨房になっている地下室から、外の物音はとぎれとぎれにしか聞こえなかった。家に押し入られた悲鳴や、怒鳴り声、走り回る足音、ときどきの大きな破壊音。屋根の近くに付いている排気用の隙間から、少しの明かりと、煙と灰の臭いが届いた。

「火を点けているんだ」緑鶸が言った。「たぶん家が焼け落ちた」

馬の蹄の律動的な響きが地下室を揺らし、わずかな土塊を落とさせた。

「鵲女将は大丈夫だと思う？」雀は訊ねた。

「気にしてどうなる？　あの女は自分の才覚に頼るしかない。あたしたちとおなじさ。あたしが心配しなきゃならないことはたっぷりある」

緑鶸の言葉がひどく冷たく聞こえたのに雀は少し失望した。鵲は雀が持てた、母親にいちばん近い存在だった。

「仮眠したほうがいい」緑鶸は言った。「見つかるなら、起きていようが寝ていようが、たいして違いはないから」緑鶸は籠のなかのツバメに優しく声をかけた。ツバメは良くなってきているようだ。

雀が目を覚ましたころには、すっかり暗くなり、まったく物音がしなくなっていた。

「このあたりの物色は終わったんだろうね」緑鶸が小声で言った。「ここでの略奪や強姦は、商人たちの居住区ほど、成果があがらないんだろう」

雀は乾いた唇を舐めた。「水を取ってくるよ。あたしの足でいったほうが簡単だ」

「まずこっちにきて」緑鶸が言った。

雀は床伝いにそちらに這っていった。緑鶸の息が感じられるくらい近づくと、肩を掴まれ、地面に倒された。緑鶸に上からまたがられ、雀は悲鳴をあげようとしたが、緑鶸の冷たい手に口をふさがれるのを感じた。

「静かにして！」緑鶸は声を押し殺して言った。

雀は震え上がり、混乱した。（緑鶸は気が狂ったの？）

すると緑鶸の手が消え、なにか冷たく金属的で鋭いものが顔に押し当てられた。雀は身震いして、もがこうとした。

熱い息が顔にかかるくらい緑鶸がかがみこんだ。「じっとして。出ていくまえにおまえの準備をしないと」

緑鶸に髪の毛をぎゅっと掴まれ、雀は頭皮が強ばるのを感じた。すると顔に当たっていた冷たい刃が離れていき、**ザクッ**という音が聞こえた。緑鶸は握り締めた髪の毛の束を切り取ったのだ。

雀は自分の濃い髪が自慢で、鳴禽花園のほかの女の子たちがしているようにおしゃれで端整な対のお団子にいつかしたいとよく考えていた。雀は鼻を鳴らし、さらに激しく抵抗した。

「バカな子ね」緑鶸は語気鋭く言った。「もし遠くから連中に見られても、やせっぽちの男の子だと思われたら、わざわざ追いかけてこないかもしれないじゃない」

「だけど、あんたは髪を伸ばしたままじゃない！」

「あたしの見た目は、自分を守るための最後の盾さ。あたしは連中の望んでいるものがわかるし、それを殺されないようなやり方で連中に渡すことができる。だけど、おまえはどう？　なにも知らないだろ」

雀はあらがうのを止め、黙って泣きながら、ざっと掴まれた髪を緑鶸に次々と切られていった。

「あたしは走れないんだ」緑鶸は囁いた。雀の頭に触れたその手は優しかった。「だけど、おまえはまだ走れる。おまえがずっとあたしのようになりたがっているのは知っていたけど、あたしになるのに必要な強い心臓をおまえは持っていない。だからあたしは鵲におまえの足を括《くく》らせないようにしてきた。走れることは、じっとして、ほほ笑み、自分を差し出さねばならないことより、ずっといいんだ。

あたしを捨てて戻ってこなくても、おまえを咎めはしないよ」

雀はさらに激しく泣いた。

外に出ると、雨は激しさを増していた。近くの何軒かの家はまだ燃えていた。雀の心臓の鼓動が高まり、狭い、泥だらけの道に十数体の死体が点在しているのを見て、ふと意識が遠のきそうになった。死体のまわりの黒い水たまりは、雨水かもしれないし、血だまりかもしれない。すべての家の扉は、壊され、開けっ放しになっていた。

雀は懸命に冷静になろうとした。もっと緑鶸のようにならなくてはいけない。（実際に見えて、触れられるものに集中するんだ。水だ。鬼を怖がっている暇はない）

通りの突き当たりに井戸があった。そこにたどり着き、一杯の水を持ち帰らないと。ゆっくりと静かに、雀は井戸に向かい、自分自身を鼠だと想像した。まわりに満州族はいないようだったが、確実なことはわからなかった。雨粒が火事跡に落ちてジュッと音を立て、まだ倒れていない家のこけら板に当たり、雀のバクバクいっている心臓の音に似た、やかましい音を立てて跳ねた。雀は空に向かって口をひらき、からからに乾いた舌に触れる湿り気をありがたく思った。

やっと井戸にたどり着いた。だれもなかに飛びこんで自殺していないように祈る。雨は雀の渇きを癒してくれたが、緑鶸には綺麗な水が必要だった。

雀は井戸縁の釣瓶《つるべ》を手に取り、縄を使って、下ろした。釣瓶が水にたどり着くのを感じ、浮かんでいる死体のような引っかかるものは、なにもないようだった。（よし）

雀はできるだけ早く釣瓶をたぐり上げようとした。さざ波が立った水面が、火事の赤味を帯びた光を浴びて、きらきら光った。まるで液体になった黄金のようだ。さあ、水を入れて運ぶものを探さないと……。

「こんなところにいるのはだれだ？」

雀は長衣のうしろ襟をグイッと引っ張られ、地面から持ち上げられるのを感じた。足をバタバタさせ、悲鳴をあげたが、投げ飛ばされ、一瞬、息ができなくなった。

目のまえにふたりの男が立っていた。満州軍の鎧と色章を身につけていた。だが、ふたりとも明らかに漢人であり、雀を捕まえた男の訛りから、北部出身の者と知れた。満州族には自分たちのために戦う大勢の降伏した漢人兵士がいると雀は耳にしていた。

「この通りはとっくに片づけたと思っていたんだがな」雀を投げ捨てた男が言った。

「鼠のように隠れていたにちがいない」もうひとりの兵士が言った。「こいつからなにか奪い取るだけの手間暇かける価値があると思うか？　それとも、さっさと殺して、野営地に戻るべきか？」

「ここいらは、ろくなものが手に入らない。貧民ばかり住んでいる地域に割り当てられたおれたちの不運を嘆くしかないな」

兵士のひとりが剣を抜いた。

緑鶸から差し出された宝石を受け取っていればよかったのに、と雀は思った。そうすれば、せめてこの男たちと取引できるようなものがあっただろうに。だけど、もう後悔するには遅すぎた。雀は目をかたくつむった。

「兵隊さん」夜の暗さを少しだけ薄くするかのような、澄んだ温かい声が聞こえた。「わたしの下女を怖がらせないで下さい」

男たちは振り返った。少し離れたところに流れるような絹の衣をまとった女がいた。火事のかすかな明かりしかなかったものの、彼女がずば抜けて美しいのは明白だった。

雀は愕然とした。緑鶸はなにをするつもりだろう？　地下室でじっとしていれば無事だったろうに。

「商人の妻か娘か？」兵士のひとりが相手に囁いた。そののち、男は武器を誇示し、声を張り上げた。「こっちへきて、おまえが隠している宝物を見せろ」

緑鶸は近づいていった。彼女の動きは気怠く、優雅だった。「これが手に入るときに、これ以上のどんな宝物が必要でしょう？」緑鶸は五歩ほど離れたところでクルリと回った。「もしわたしをあなたの司令官のところに連れていってもらえれば、みなさんはたっぷりと褒賞をもらえるのではないでしょうか」

ふたりの男はたがいの顔を見合わせた。

「この女はたぶん耶律《ヤリツ》将軍の好みだろう」


翌朝、ふたりの兵士は緑鶸と雀を連れて揚州市内を歩いた。そのころにはふたりは雀が少女だと知っていたが、緑鶸が歩くのに雀が手を貸していることから、雀を放っておいた。

通りには死体が転がっていた。水たまりと混じった血が絵描きの調色板《パレット》のような、揺らめく輝きを見せていた。血と煙と人の排泄物の臭いが空中を漂っており、吐き気を催す混合臭になっていた。緑鶸と雀の足袋は、すぐに血のまじった液体で濡れそぼった。一部の場所では、死体が分厚く積み重ねられたせいで、道を見つけるのが難しかった。一行は運河にかかった橋を渡り、水路がほぼ死体で埋まって、平らな地面と化しているのを見た。

雀は感覚が麻痺した。まわりにあまりに多くの死があるため、死体がもはや現実のものとは感じられなかった。実際には操り人形であるのがわかったり、起き上がって、たんに寝ていただけだと話しかけてくれたりするのを雀はずっと期待しつづけた。

緑鶸の纏足された足はこんなに遠くまで歩いて、ひどく痛いにちがいなかったが、雀にもたれて歩きながら歯を食いしばり、なにも言わなかった。ときおり、どうしても止まって休む必要がある際に、緑鶸はふたりの兵士と会話をして、彼らの興味を維持させつづけた。

「満州の幹部はあなたがたのような降伏した漢人兵をよく扱ってくれるのですか?」

兵士のひとりが肩をすくめた。「元の明の幹部ほどひどくはないな。少なくとも、給料の遅配はない。略奪品から多少の余禄にあずかっているし」

「兵士の暮らしはけっして楽なものではないでしょうね。史可法《シ・クアファ》兵部尚書は捕まったんですか?」

「ああ。だが、降伏しようとしなかった。多鐸《ドド》親王は史可法《シ・クアファ》の首を刎ねさせた」

雀は史可法《シ・クアファ》が命運の尽きた市からどのように脱出しようとしていたかについては口にしないでおこうと決めた。ときに英雄は、語られるのと同様に、語られぬことで作られるものだ。

兵士の小集団が、次々と家捜しをして、生存者を捜していた。だれか見つかると、住まいからあらゆる貴重品を持ってきて、兵士に差し出させたうえで、殺された。呻きや悲鳴があたりを埋めた。

一行は、ふたりの満州兵が一列に並んでいる女性の捕虜を歩かせているところに出くわした。女たちは、真珠の首飾りのように首に縄をかけられて繋がれていた。纏足された足のせいで、女たちは泥まみれの通りを歩くのが難しく、転び、倒れ、ほかの仲間を引き倒し、立ち上がろうともがいていた。彼女たちの衣服はとても汚れているため、元がどんな色をしているのか判別がつかなかった。ふたりの満州兵は女たちを急《せ》かした。剣の腹で女たちをぴしゃぴしゃ叩いたり、槍の先でつついたりした。

「指揮官たちにすてきな贈り物をしたがっているのは、おれたちだけじゃないみたいだ」緑鶸を捕らえた男たちのひとりが冗談を言った。

「あの女たちのだれも、おれたちの獲物ほど上物ではないがな」男の連れがそう言って、自慢げに緑鶸を見た。緑鶸は男にほほ笑み返した。

赤ん坊を抱いていた女が倒れ、起き上がれなかった。泥のなかで足を滑らせつづけている。列の先頭にいた満州族の兵士が毒づき、戻ってきて、女が抱いていて、泣きわめいている赤ん坊を取り上げ、道に投げ出した。母親は悲鳴をあげ、赤ん坊を取り戻そうと這っていったが、首の縄のせいでそこまで近づけなかった。

馬に乗った満州兵の小隊が通りをすさまじい勢いでやってきた。緑鶸と雀はかろうじて彼らから身を躱せた。蹄鉄のついた蹄が死体を踏みつけていき、死んだ四肢に一時的に生気を与えた。突然、赤ん坊の泣き声が止んだ。

母親は悲鳴をあげ、まえへ突進し、ほかの捕虜たちを引きずった。満州兵は怒鳴り声をあげ、槍で数回、母親を叩いたが、彼女はその打撃を感じていないかのようで、死んだ赤ん坊に向かって前進をつづけた。もうひとりの満州兵がやってきて、母親の心臓を剣で貫いた。ふたりは母親の首から縄を外し、死体を赤ん坊の小さな動かぬ亡骸のそばに置き去り、ほかの捕虜たちに先を進むよう急かした。

雀の目が焼けるように熱くなった。満州兵のところに駆けていき、その目を掻きむしり、耳に歯を突き立てたかった。もはや怖れてはいなかった。史可法《シ・クアファ》兵部尚書が突然、降伏しない勇気を奮い起こせた理由がわかった。（あまりに長いあいだ怖がっていると、恐怖がたいしたものではなくなるんだ）雀はなにかをやりたかった。いまおのれの血管を充たしている純粋な怒りを鎮めるためなら、どんなことでもやりたかった。

緑鶸は雀の手を摑み、痛いくらい強く握り締めた。雀を引き寄せ、耳元で声を押し殺して言った。「おまえがあの女と赤ん坊にいまできることはなにもない。自分の身を慎まないと」

そのとき、雀は緑鶸を憎んだ。息をするのも難しいくらいの激しさで彼女を憎んだ。緑鶸は臆病者だ。生き延びたいと願っているだけの冷血な化け物だ。これからの一生ずっと、あんな光景が夢に付きまとうのを耐えなければならないのなら、生きていてなんになる？

雀は緑鶸が手を離すまで、その手に嚙みつくと、満州兵に向かって駆けだした。

緑鶸は自分を捕らえたふたりの兵士を振り返った。「下女を取り返して下さい。必要なら、縛り上げてもいい」

「どうして？」ひとりの兵士が言った。「あいつが死にたいのなら、そうさせてやればいい」

「身支度を整えるのにあの子の助けが要るんです」緑鶸は言った。「あなたがたの司令官は、みすぼらしい身なりの贈り物より、見た目のいい贈り物のほうをお好みのはずでしょ？」

ふたりの男はたがいに顔を見合わせて、肩をすくめた。ひとりが雀を追いかけ、簡単に倒した。猿ぐつわをかませ、グルグル巻きにし、肩に担ぐと、一行は揚州の通りを進みつづけた。彼らの四方八方で、煙と怒鳴り声と、血と死の臭いがした。


ようやく緑鶸と雀は、耶律《ヤリツ》将軍の仮の司令部になっている屋敷に到着した。ふたりは、十数人の若い女たちといっしょに脇広間のひとつに閉じこめられた。女たちの大半は商人の妻や娘であり、司令官への贈り物として連れてこられていた。

何人かの女たちは、ひとりで座り、陰気な顔で床を見つめていた。ほかの数人は抱き合って、涙を流しており、そのほかの数人は固まって、話をしていた。緑鶸と雀はふたりだけで部屋の隅にいた。ほかの女たちの会話がきれぎれにふたりに届いた。

「あの男はおおぜいの男たちのいるまえで、わたしを裸にひんむいたの……飛びこめる井戸があればいいのに……」

「――あいつはわたしの目のまえで、あの人を真っ二つにした。この服を見て。血なの！　血なのよ！」

「なぜわたしはまだ生きているの？　三人の兄弟とその妻たちみんな、母も父も祖父母も六人の甥と姪も――みんな死んでしまった……」

「翡翠の虎の首飾りをつけた六歳くらいの男の子を見なかった？　ほんとに？　運河を渡るときに見失ってしまったの……」

緑鶸は雀の縛めをほどいた。

「あたしの命を救ってくれたお礼を言うなんて期待しないで」雀の声は氷のように冷たかった。雀は距離をあけ、しゃがむと、ひざのあいだに頭をうずめて、すすり泣きだした。死んだ赤ん坊と泥のなかに飛び散った脳みその光景が雀の心から離れようとしなかった。

緑鶸はため息をつき、雀のあとを追おうとはしなかった。


その日の午後、満州族の司令官が脇広間にやってきた。女たちの大半は壁に寄りかかって小さくなり、司令官を見ようとしなかった。何人かは、泣きだした。司令官は眉間に皺を寄せた。

だが、緑鶸はつかつかと司令官のまえに歩み寄り、深々とひざを曲げておじぎをした。「耶《ヤ》律《リッ》親王殿下とお見受けします」

「大胆な女だな」高官は言った。思わず笑みがこぼれてしまう。

（どんな男にも効く技があるみたいだ）雀は思った。（わが身を守るためなら、どこまで低くひざを折れるんだろう？）

「殿下の武勇と慈悲心は、わが耳を雷鳴のように充たしております」

「はっ！　嘘をつくときに少しも顔を赤らめないな。おまえがどんなたぐいの女か、想像はつく。だが、めそめそ泣いている女にはうんざりだ。おまえがその腕に何百人の男の頭を抱いてきたとしても、おまえのほうが面白いかもしれん。わかった、おれといっしょにこい」耶律《ヤリツ》将軍はうしろにいる兵士たちのほうを向いた。「残りの女たちは兵士に分け与えろ。二日経ったら、処分しろ」

その指示はあまりに何気なく口にされたため、それが実際にはなにを意味しているのかほかの女たちが把握するまで、少しの間があった。室内の嘆き悲しむ声が倍増した。

「親王殿下」緑鶸が言った。「ここにいる娘のなかには、とても綺麗な子がいます。この子たちを味わわないのは、あまりにもったいのうございます。しばらく生かしておいて、もう少し融通が利くようわたしが説得できるかどうか、試してみてはいかがでしょう？」

「けっしてなるものか！」女たちのひとりが怒りもあらわに叫んだ。「汚らわしい恥知らずめ」

緑鶸の声は以前と同様、みだらなものだったが、その衣服の縁が小刻みに震えているのを雀は目にした。緑鶸は両手を体のまえに掲げ、懇願の仕草をし、右手にはめている翡翠の指輪をひねっていた。緑鶸は怯えているのだ。

「おれが受けている命《めい》は市を浄化せよというものだ」耶律《ヤリッ》は言った。そして躊躇った。「おまえは連れていくかもしれないが、ほかのこいつらは……」

緑鶸の顔に衝撃が浮かんだ。「ああ、失礼な発言をお許し下さい。あなたさまにここにいる愚かな女たちの処刑を遅らせる権限がなかったとは知りませんでした。それもすべて、あなたさまがとてもお力のある殿下に見えたためです」

「気にするな」耶律《ヤリッ》は胸を膨らませながら言った。「もちろん、おれは戦場でやりたいことをなんでもできる。この女たちは殺さないよう命じる、当面のあいだは」

「あなたさまとわたしはたぶんもっとよく知り合えると思います」緑鶸は言った。「ですが、まず最初に、体を洗う手伝いを下女にさせてもよろしいでしょうか？」

緑鶸は雀を手招きした。ふたりの視線がからみあった。

（緑鶸は地下室に隠れて、けっして外を覗かないこともできた。いま口をつぐんでいて、女たちを殺させることもできた）

こんなときですら、緑鶸はツバメを入れた籠をまだ手に持っていた。

雀は緑鶸のそばに歩いていき、おじぎをした。

雀は寝室の外にいる衛兵を観察した。彼らは直立不動で立っており、無表情を維持して、自分たちの鼻の先端に視線を集中させていた。彼らは寝室のなかから漏れてくる物音をまったく聞いていない様子だった。

ひとりの兵士が外から廊下に駆けこんできて、寝室の扉に立っている衛兵が警告するまえに閉ざされた扉に向かって叫んだ。「将軍！　金持ちを数人捕らえました！」

寝室は静まり返っていた。やがて、クスクスという笑い声が扉の向こうから聞こえた。あらたにやってきた兵士は、おのれの失態に気づき、顔を赤らめた。

ややあって、耶律《ヤリツ》と緑鶸が寝室から現れた。緑鶸の長衣は急いで合わされて、飾り帯は歪んでいた。緑鶸は耶律《ヤリツ》の腕にしなだれかかり、紅潮し、汗ばんだ顔には物憂げな笑みを浮かべていた。耶律《ヤリツ》は衣服を直し、数回、咳払いをした。

「なにを見つけたか見にいこう」耶律《ヤリツ》は緑鶸の手を振り払い、歩き出し、衛兵があとにつづいた。

雀が緑鶸のもとに近寄ると、彼女の顔に浮かんでいた笑みが仮面のようにそぎ落とされた。緑鶸はくたびれ、怯えているように見えた。雀は、ふいに、緑鶸がとても若いことを悟った。

「あの貞淑な女たちのなかのだれが少なくとも融通が利くのか突き止めるのに手を貸してちょうだい」緑鶸が言った。「残りの連中が生きていたいのなら、耶律《ヤリツ》になにかを渡さないと。それから、ツバメは？」

「餌になる干し肉を衛兵からもらったよ。ツバメはあたしたちの寝室で休んでいる」

緑鶸の顔が少し和らいだ。「今回、われらが勇敢な司令官がだれを捕まえたのか、見にいこう」

正面の大広間は、宝石や貨幣、銀、金、絹の服、毛皮が載せられた長机で埋まっていた。服装から学者や商人とわかる捕虜たちが並んで地面にひざまずき、行き交う衛兵に監視されていた。捕虜たちは疲れ果て、落胆している様子で、一部の人間は怪我を負っているようだった。

「将軍、こいつらは、揚州でもっとも裕福な人間です」耶律《ヤリッ》を呼びにきた満人兵が言った。

緑鶸は嬉しそうなかん高い声をあげ、絹の服や宝石の山を探り、さまざまな腕輪や真珠の首飾りを試してみようとした。「これをいただいていいかしら？　ううん、ちがうわ、こっちのほうがずっと綺麗！」

耶律《ヤリッ》はそんな緑鶸の様子を鷹揚に眺めた。

「もっと宝物が見つかると思うか？」耶律《ヤリッ》は兵に訊ねた。

「搾り取れるだけのものはぜんぶ搾り取ったと思います」

商人のひとりが侮蔑の表情で緑鶸を見、唾を吐きかけた。「大明帝国がこんな終わりを迎えたのは、おまえのような、徳を欠いた、裏切り者の売女のせいだ。敵に葡萄のようにしがみついているおのれを見るがいい。機会があれば、殺してやる」

雀は顔が熱くほてるのを感じた。商人の顔に見覚えがあった。男は、兵士たちに屋敷を壊されぬよう李《リ》隊長をもてなそうとして緑鶸を雇った五人の商人のひとり、温《オン》だった。はるか昔のことのように思えた。

だが、緑鶸は温《オン》の声を聞いていないかのようだった。二着の服を比べ、どちらを選ぼうかということに没頭していた。

「では、そいつらを殺せ」耶律《ヤリツ》が言った。

商人たちは温《オン》を含め、風に揺れる葉のように震えた。だが、温《オン》は反抗的な表情を崩さなかった。

「耶律《ヤリツ》親王さま」緑鶸はふくれっ面をして言った。「いちばんいい宝石を隠しているんですか？」

「いったいなんの話だ？」

「そこの男は、莫大な財産を持っていることで有名な人です。去年の春節祭に、その男の奥さんが綺麗な真珠の首飾りをしていたのを見た覚えがあります。真珠ひとつひとつが龍眼の実ほどの大きさがあったのを」

「ほお？」耶律《ヤリツ》は怪訝な表情を浮かべた。

「その人はあの首飾りをどこかに隠しているはずです。もしいま殺してしまったら、手に入らなくなってしまいます」緑鶸は温《オン》のそばに近づいた。「きっと召使いの居住区に隠したのね。万一生き延びた場合にそなえて、埋めておくよう命じたんでしょ」

雀は温《オン》が当惑している様子なのを見た。もしなにが起こっているのか温《オン》がわかっていないのを耶律《ヤリツ》が見て取ったなら、緑鶸の計画は台無しになってしまうだろう。

雀はまえに進み出て、心臓が早鐘のように搏《う》っていたものの、緑鶸の言葉に付け足した。

「はい、あたしもそうだと思います。あたしはその男の召使いを知っています。こないだ、揚州が陥落するまえに、連中がこそこそとなにかしているのを見ました」

耶律《ヤリツ》は温《オン》のほうを見た。「ほんとか？　隠された宝物がもっとあるのか？」

温《オン》が否定しようとしたまさにそのとき、緑鶸が温《オン》の視線を捉えて言った。「だけど、あんたは召使いたちがどこに住んでいるのか、詳しくは知らないでしょ？　小屋が建てこんでいるあのあたりだというくらいしか知らないんだね？」

温《オン》はようやく理解したようだった。「ああ。そのとおりだ。われわれはみな、もっとも貴重な宝物を信頼している召使いに任せて隠させた。召使いたちは死んでしまったので、隠し場所を捜すのに時間がかかるかもしれない」

「では、しかるべき場所におれの部下たちを案内し、すべての家を捜させねばならんな」耶律《ヤリツ》は言った。

商人たちは兵士に付き添われて、出ていった。

「徹底的に捜してちょうだい」緑鶸は一行の背に向かって叫んだ。「とくに焼け落ちてしまった家は念入りにね。深く掘って！」

緑鶸はもっと宝物が見つかるはずだとしつこく主張した。商人たちと出かけた遠征隊は、追加の貴重品を探しつづけた。耶律《ヤリツ》が捕虜を殺すのを躊躇う程度に。

雀はできるだけ緑鶸の嘘に協力しようとした。だが、雀はくよくよ思い悩んだ。

「もしあんたがでっち上げているだけだと耶律《ヤリツ》にバレたら――」

「その場合は、あたしが死ぬだけ。そうなる可能性はとても高いだろうな」緑鶸はツバメに嚙み砕いた干し肉を口いっぱいに頬張らせた。小鳥はどんどん元気になってきており、いまでは少しだけ飛びまわれるようになっていた。

「あの連中に感謝されたいの？　連中はあんたを好きですらないのに！」

緑鶸は笑い声をあげた。「こんなときにあいつらの感謝になんの価値があるの？　あたしもあいつらがあまり好きじゃない――できるなら、あいつらじゃなく、貧しい人たちを救いたい。だけど、あたしみたいな女のせいで中国が倒れるというあの責め言葉は、おもしろいね。自分がそんなに力を持っているとは知らなかった！

あいつやあいつの友人たちが軍に向けていた侮《あざけ》りが、今回の件になにか関わっているとこれっぽっちも思っていないのは確かさ。あいつらは、何十年ものあいだ、税をごまかし、軍費を足りなくさせてきた。なのに、ことここにいたって、あたしの身持ちが悪いせいでなにもかもダメになっているんだって。こうしたわかりがたい理由づけは、おまえやあたしみたいな、女風情の理解を超えてるね」

　雀は緑鶸の冗談が我慢ならなかった。「だったら、どうしてあいつらを助けようとするの？業に関係しているの？」

「言っただろ、そんなものは信じていないって」

「だったら、なにが——」

「あたしは品行や徳のことはなにもわからない」緑鶸は徳という言葉を呪詛のように吐き捨てた。ハッとなって、気を取り直し、先をつづけた。「宇宙の釣り合いや来世なんてどうだっていい。あたしは勇ましくはないし、強くもない。敬われようともしていない。いつか、人は、この市に命を捧げた史可法《シ・クァファ》兵部尚書がどれほど勇ましかったかという話を語るだろうけど、あたしたちみたいな女がしたことになんかけっしてかまいやしない。

　だけど、生き延びられるように冷たい石の心をあたしは望んでいるけれど、その心は、正しいと思っていることを、あたしに言いつづけている。ああ、確かにそのおかげで色々苦労はしている。だけど、おまえを生かしつづけているのに、その心がどれほど役に立っているか見てごらん！

　死んだ儒者や生きている偽善者の教えを無視できても、あたしは自分が願っているように生きるのを止めたくないんだ。

　あまりにもおおぜいの人が殺されているんだよ、雀。あたしは自分にできるどんな方法を使

って も、天の不公平な計画の裏をかきたい。たとえほんのわずかでも、運命に逆らうのはあたしを幸せな気分にさせてくれるのさ」

揚州陥落の七日目、予親王多鐸《ドド》は、ようやく殺戮を止めるよう命令を下した。通りや運河の死体が雨水に濡れそぼり、腐りはじめていた。兵士たちが瘴気《しょうき》と悪臭で病気になりはじめるかもしれないという懸念があった。生き残った者たちや僧侶が、死体の火葬をはじめるよう告げられた。

燃える薪から立ち上る煙が揚州の空に充満した。息をするのも難しかった。

耶律《ヤリツ》将軍は愛人に新鮮な空気を吸いに市の外に出かけることを許した。数人の満州兵に付き添われ、緑鶸と雀は、市から十里ほど離れたところに馬に乗ってでかけた。二つの丘に挟まれた緑の峡谷は、息苦しい煙から多少逃れられる場所になっていた。兵士たちは、周囲を偵察するために離れていき、緑鶸と雀は陽を浴びて、散策に出た。緑鶸の足を考慮して、兵士たちは一頭の馬を残してくれた。

緑鶸と雀は、いまではすっかり恢復したツバメを解き放ち、小鳥が飛び去っていくのを眺めた。

「あんたにちゃんと礼を言ったことがなかったね」雀は言った。いったん黙り、いまの言葉では不充分だと感じる。雀は漢籍を学んだことがなかった。彼女が知っているもっとも美しい言葉は、緑鶸の弾詞に出てきたものだった。「あたしがあんたのために草を結ぶ猫鼬にいつか変身できるなら、きっと結ぶよ」

緑鶸は笑い声をあげた。「草を結ぶ猫鼬の使い方を必ず見つけてあげる」

「だけど、あの商人たちは自分たちが助かったのがあんたのおかげだと覚えているかな」雀は言った。

「あの男たちのだれも、恥を償うため自害しろとまだ求めてこないだけでもありがたいね」

雀と緑鶸は、ふたりとも喉を鳴らして苦笑した。

ふたりの男が木立のうしろから姿を現した。錆びた剣を手にし、明るい青色の襟巻きを首に巻いていた。

「ひざまずけ、裏切り者の売女」男たちのひとりが言った。

緑鶸はふたりを見た。「おまえたちは史尚書の私軍の生き残りかい？」

男たちはうなずいた。「きさまが大殺戮を生き延びられたのは、敵に通じていたからにちがいない」

「まったく見当違いだよ」雀は説明をしようとした。だが、緑鶸はシッと言って、雀を黙らせた。

「止めな」緑鶸は男たちから目を離さずに、雀に囁いた。「満州兵はすぐにでも戻ってくるかもしれない。もし耶律《ヤリツ》があたしに欺されていると思ったなら、みんな死ぬしかなくなる。さあ、馬に乗るんだ」

「あんたを置いていけないよ」

緑鶸の口調がじれったげなものになった。「まだわかっていないのかい？　この世では、徳なんて価値がないんだ。あたしは英雄になろうとしてるんじゃない。おまえは纏足じゃなく、鐙《あぶみ》を使えるから、馬に乗ってもらわないとならないんだ。あたしはおまえのうしろに乗って、腰にしがみつかないと。そうすれば馬は、あたしがただ歩くよりも速く走れる。こいつらがすぐそばまでくるまえに乗るんだ！」

雀は従った。ふたりの男はこちらに向かって駆けだした。

緑鶸はふたりの男にほほ笑みかけた。「ふたりの偉大な英雄がわたしを救いにきて下さって、とても嬉しいです」

「きさまのたぶらかしはおれたちには効かんぞ。ここにいるのは、正義を果たすためだ」

「さあ、あたしといっしょに乗って！」雀が叫んだ。

緑鶸は悲しげに雀にほほ笑みかけた。

「この足でどうやってそこに上れるというの？　さあ、いきなさい」緑鶸は馬の臀《しり》をぴしゃりと叩き、馬は駆けだした。雀は悲鳴をあげたものの、彼女にできることは手綱にしがみつくことだけだった。

雀が馬上で振り返ると、背をピンと伸ばしたままの緑鶸にふたりの男が襲いかかるのが見えた。

雀と満州の偵察兵たちは捜しに捜したが、緑鶸の死体はどこにも見つからなかった。

その代わり、緑鶸が襲われた空き地に、大量の鳥がいた――燕や雀、鵲、画眉鳥《ガビチヨウ》、鶯《ウグイス》、烏秋《オウチユウ》、岩燕。すべての鳥がピーチクパーチク鳴き、歌っていた。耳障りな音ではなく、そこに現れたのは、ひとつの調べであり、雀は即座に気づいた――緑鶸が奏でる弾詞の旋律だ。

一羽の鶸《マヒワ》が群れのなかから飛び立って、伸ばした雀の手に留まった。明るい黄色の代わりに、その背中は、翡翠のようなかすかな緑色をしていた。その鶸は、クチバシに翡翠の指輪を銜《くわ》えており、それを雀の手に落とした。

「緑鶸、あんたなの？」雀の目が涙でかすんだ。喉が強ばり、それ以上なにも言えなくなった。鶸は彼女の手の上で跳びはね、さえずった。


今宵、撚《よ》り柄杓《びしやく》亭は、繁昌していた。穫り入れの直後で、人々の財布は膨れ上がり、手足はひりひり痛んでいた。

この小さな酒場は、大都市の茶房が提供するような繊細な料理は出さなかったが、長椅子を埋めている人足や洗濯女や小作農やその嫁たちは、気にしていなかった。紹興酒や高粱酒《コウリヤン》が大量に飲まれ、揚げた牛の胃が皿一杯に盛られて出された。客たちは、学識ある学者や賢い商人の習慣である、言わねばならないことを考えるかわりに、心に浮かんだことをすなおに口にしていた。
だが、彼らはいま、全員静かになり、若い弾詞語りの女の声に耳を澄ましていた。女は琵琶をつま弾いた。

偉大な揚州の歌を歌おう
白い塩の街、富と名声と、
千もの洗練された茶房のあった街の。
だけど、ある夜、彼らはやってきた、
鉄の蹄が襲いかかった。
では、まず、
妓楼のひとりの娼妓の話をはじめよう。

正直なところ、その歌語り部は、美しくはなかった。顔は痩せすぎ、細い鼻とすばしっこい目は、小鳥のそれを思わせた。長いはずの黒髪を短く刈っており、聴き手に、一部の男たちが望むかもしれないなにか別のものではなく、自分は音楽と話を売っていることを念押ししているかのようだった。化粧をせず、右手にはめた翡翠の指輪以外、装身具もつけていなかった。

彼女の肩には緑色の鸚が留まっていた。琵琶の演奏に合わせて、さえずり、いっしょに鳴くよう躾《しつ》けられているかのような愛らしい小鳥だった。

「……すると、侵攻してきた軍勢が揚州を囲みました。あたかも岩に打ち付ける荒れ狂った海のように……」

弾詞語りは、馬の蹄の音を真似るかのように、二本の竹枹《ばち》を合わせて叩いた。錆びた釘で古い銅鑼《どら》を叩き、鎧と鎧がぶつかる音を真似た。

もちろん、この若い女は、語りのなかで、侵略者のことを〝満州族〟とは呼ばなかった。満州族が中国を征服してから十年以上が経っていた。新しい王朝は天命が自分たちにあると主張しており、賢明な学者たちは、満州の賢人たちの智慧と力に関する迎合的な賛辞を考え出していた。

あらゆる実話と同様、彼女の話もはるか昔に設定されていた。

「『身分の卑しい女、妾が徳のなにを知ろう?』隊長は訊ねました」

小さな鸚が卓から卓へ飛んでいき、西瓜の種をついばんだ。一同はその美しさに驚嘆した。それとおなじような態度で、若い女は物語った。歌声と言い回しのあいだを軽やかに飛ぶ。聴衆はうっとりと魅了された。

「緑鸚は、兵士たちのまえに堂々と歩を進め、言いました。『どんな宝物が要りますか?』」

一同は道に転がっている死体を思い描き、手に汗握った。緑鸚が侵攻勢力の司令官を計略にかけると、彼らは歓声をあげ、大きな声で笑った。なにも知らない商人が緑鶸を咎めると、彼らは怒りのあまり唾を吐き、卓を叩いた。

暗黒の六日間で、何十万もの住民が死にました。
軽蔑されたひとりの女は、三十一名を救いました。
つねに巧みに、
その女はなんの名声も称賛も求めませんでした。
運命に逆らい、なしえることをおこなったのです。

大衆の大半の知るところでは、揚州大虐殺はけっして起こらなかった。正史はつねに鬼を封印することで書かれてきた。
だが、真実はつねに、歌と物語のなかに生きてきた。

お集まりの諸兄姉《みなさま》、
これがわたしの知っている真実です――
天の台帳も、公明正大な判事も、
この世には存在しません。

それでも、将軍よ、娼婦よ、商人よ、
あるいは幼子よ、
この世の運命は、
あなたがたひとりひとりが動かせるのです。

そして小さな鶸が、若い女の肩から飛び立ち、室内をさえずりながら、歌いながら、飛びまわった。温かい空気と、おおぜいの客からわき上がった大歓声に持ち上げられ、自由に、自由に、自由に。

良い狩りを

夜。半月。ときおり、フクロウの鳴き声。

商人とその妻、召使いたち全員は、他所に移されていた。広い屋敷は不気味なほど静まり返っている。

父とぼくは中庭にある供石《ゴンシ》（寺院などに設置される奇観の自然石）のうしろにうずくまっていた。その庭石にたくさんあいている穴から、商人の息子の寝室の窓が見えた。

「ああ、小倩《シャオチエン》、愛しの小倩……」

熱にうかされた若者の呻き声は哀れなほどだった。なかば譫妄《せんもう》状態で、身を守るため寝床に縛りつけられているが、切々と訴えるその声が微風に乗って水田を越えた向こうまで届くよう、父が窓をあけたままにさせていた。

「ほんとにくると思う？」ぼくは囁いた。きょうはぼくの十三歳の誕生日で、今回がはじめての狩りなのだ。

「くる」父は言った。「妖狐《フーリーチン》は、自分が化かした男の泣き声には逆らえないのだ」

「梁山伯と祝英台がおたがいに惹かれ合わずにいられないみたいに？」去年の秋にうちの村にやってきた田舎歌劇の一座のことを思い浮かべる。

「そうでもない」父は言った。だが、うまく説明できずにいるようだ。「おなじものじゃないとだけ知っておけ」

よくわからなかったものの、ぼくはうなずいた。そして、商人とその妻が父に助けを乞いにきたときの様子を思い出した。

「恥知らずにもほどがある！」商人はぶつぶつと文句を言った。「アレはまだ十九にもなっておらん。山のように賢人の書物を読んでいたというのに、あのような化け物に魅入られてしまうとは」

「妖狐の美しさと手練手管の虜になるのは、恥でもなんでもありません」父は言った。「大学者王盧《ワン・ルウ》は、妖狐とともに三夜過ごしたものの、科挙で首席を取ったのです。ご子息にはほんの少し手助けが必要なだけです」

「なんとしてもアレを救ってください」商人の妻はそう言って、米をついばむ鶏のように叩頭《こうとう》した。「この話が外に漏れたら、仲人はアレに縁談をけっして持ってこなくなります」

妖狐は人の心を盗む妖怪だった。ぼくは身震いし、妖狐に相対する勇気が自分にあるだろうかと訝しむ。

父がぼくの肩に温かい手を置いてくれて、ぼくは落ち着きを取り戻した。父の手には〈燕尾〉が握られている。十三代まえの祖先、劉義将軍が鍛えた剣。この剣には何百人もの道士の祈りがこめられており、無数の妖怪の血を啜《すす》ってきた。

流れる雲が一瞬月を隠し、あらゆるものを闇に包んだ。

月がふたたび姿を現したとき、ぼくはあやうく声をあげそうになった。

中庭にいままで見たなかで最高に美しい女性がいた。

ふくらんだ袖つきのゆったりした白い絹の衣に幅広の銀色の帯を締めている。顔は雪のように白く、髪は石炭のように真っ黒で、腰まで流れ落ちていた。田舎歌劇の一座が舞台に掛けていた絵に描かれていた、唐時代の絶世の美女のようだとぼくは思った。

美女はゆっくりと向きを変え、あたりを見渡した。双眸《そうぼう》がきらきら光るふたつの水たまりのように月明かりに輝く。

ひどく悲しげな様子にぼくは驚いた。ふいに気の毒になり、この美女を笑わせるためだったらなんだってやりたい気になった。

盆《ぼん》の窪《くぼ》を父に軽く触れられ、はっとしてぼくは催眠術にかかった状態から脱した。妖狐の力についてあらかじめ父から警告されていたのに。顔を火照らせ、心臓をどきどきさせながら、ぼくは妖怪の顔から目を逸らせ、その姿に意識を集中させた。

商人の召使いたちは今週毎晩、妖狐を獲物に近づけないよう、犬を連れて中庭を警邏《けいら》していた。だが、いま、中庭は無人だった。それでも妖狐は罠を疑って、ためらいながら立っていた。

「小倩《シャオチエン》！　きてくれたのかい？」商人の息子の熱にうかされた声が大きくなった。

貴婦人は振り返り、寝室の扉に向かって歩いていった——いや、滑っていった。あまりにもその動きは滑らかだった。

父が岩のうしろから飛び出し、〈燕尾〉を手に、妖狐に駆け寄った。

妖狐は頭のうしろに目があるかのように避けた。勢いがついて止められず、父の剣は木製の扉に鈍い音を立てて突き刺さった。引っこ抜こうとしたが、父はすぐには剣を抜けずにいた。

貴婦人は父をちらっと見ると、背を向け、中庭の門に向かった。

「ぼけっと突っ立ってるんじゃない、梁《リアン》！」父が怒鳴った。「逃げちまうぞ！」

ぼくは犬の小便がたっぷり入った陶器の壺を抱えて、妖狐に駆け寄った。小便を浴びせかけるのがぼくの役目だった。そうすると狐に変身して逃げることができなくなるのだ。

貴婦人はぼくのほうを向いて、ほほ笑んだ。「とても勇敢な坊やね」春の雨に咲き誇る茉莉花《ジャスミン》のような芳香にぼくは包まれた。声が甘くて、まるで冷たい蓮蓉餡《れんようあん》のようだった。ずっとその声を聞いていたくなった。陶壺のことを忘れてしまい、それを持つ手がだらりと下がる。

「いまだ!」父が叫んだ。扉から剣を引き抜いていた。

悔しさのあまり、ぼくは唇を噛んだ。こんなに簡単に惑わされてしまうなら、どうして妖怪退治師になれるだろう? ぼくは蓋を外し、退いていく相手の姿に向かって陶壺の中身をぶちまけたが、あの人の白い着物を汚してはいけないというばかげた考えが浮かんで、手が震えてしまい、狙いが大きく逸れた。犬の小便のごく一部しか、かからなかった。

だが、それで充分だった。妖狐は咆哮した。その声は、犬のようだが、それよりはるかに猛々しく、うなじの毛が総毛立った。妖狐は振り返り、歯を剝き出して唸った。二列に並ぶ鋭く白い歯を見せられ、ぼくはうしろによろけた。

妖狐が変身途中だったところにぼくは小便を浴びせていた。そのため、その顔は女性の顔と狐の顔の中間で凍りついていた。毛のない鼻面、怒ってひくひく動く尖った三角形の耳。両手が獣の前足に変わっており、鋭いかぎ爪がついたその前足をぼくに向かって振るった。

妖狐はもはや話すことができなかったが、その目は、悪意に満ちた思いをありありと伝えてきた。

父がぼくのかたわらを駆け抜けた。剣を高く掲げ、致命的な一撃を加えようとする。妖狐は踵を返し、中庭の門に体をぶつけ、扉を砕き開け、その向こうに姿を消した。

父はぼくを一顧だにせず、妖狐を追いかけていった。情けない思いをしながら、ぼくはそのあとを追った。

妖狐は足が速く、銀色の尾がきらきら輝く光跡となって畑を横切っていくようだった。だが、不完全な変身のため、人間の姿を保ったままで、四脚のときほど速くは走れずにいた。

父とぼくは、村を一里ほど離れたところにある荒れ寺に妖狐がすばやく姿を隠すのを目にした。

「寺の裏にまわれ」乱れた息を整えようとしながら、父は言った。「わしは正面の門から入っていく。裏門からやつが逃げようとしたら、なにをすればいいかわかっとるな」

寺の裏手は雑草が生い茂り、壁がなかば崩れ落ちていた。そこへまわりこむと、瓦礫のあいだに白い閃光が走るのが見えた。

父に見直してもらおうと決意し、ぼくは恐怖を呑みこんで、ためらわずに追いかけた。数度、すばやく角を曲がり、僧房の一室の隅に相手を追い詰めた。

残っている犬の小便をかけようとしたとき、相手の動物がぼくらの追いかけていた妖狐よりずいぶん小さいことに気づいた。仔犬ほどの大きさの小さな白い狐だった。

ぼくは陶壺を地面に置いて、飛びかかった。

狐はぼくにつかまれて、激しくもがいた。ごく小さな獣にしては驚くほど力が強かった。ぼくは懸命に押さえつけた。争っているうちに指でつかんでいた毛皮が皮膚のようにすべすべになってくるように思え、狐の体が長くなり、膨らんで大きくなった。地面に押さえつけていようとすると自分の体全体を使わねばならなかった。

ふいに、両腕で同い年くらいの女の子の体を抱えているのに気づいた。しかも裸だ。

ぼくは声をあげて、飛び退いた。女の子はゆっくり立ち上がると、背後に積み上げられた藁から絹のローブを手に取って身にまとい、ぼくを高慢な目つきでにらんだ。

少し離れた本堂からうなり声が一声聞こえ、重たい剣が卓に食いこむ音がつづいた。さらなるうなり声と父の悪態が聞こえた。

女の子とぼくはにらみ合った。彼女は去年一目見てからというもの頭から離れてくれない田舎歌劇の歌手よりも、ずっと綺麗だった。

「どうしてあたしたちを狙うの？」女の子が訊いた。「あたしたちはあなたたちになにもしていないのに」

「おまえの母親が商人の息子を化かしたんだ」ぼくは言った。「ぼくらの役目は彼を救うことだ」

「化かしたですって？　あいつのほうが母さんを放っておいてくれないのに」

ぼくは面食らった。「いったいなにを言ってるんだ？」

「一カ月ほどまえのある夜、商人の息子は、養鶏家の仕掛けた罠につかまった母さんにたまたま出会ったの。母さんは罠を逃れるために人間の姿に変身しなければならず、その姿を見たとたん、あいつは一目惚れしてしまった。

母さんは自由気ままにしているのが好きで、あいつに悪さをする気なんてなかった。だけど、人間の男がいったん妖狐に惚れてしまったら、たとえどんなに離れていても、妖狐には相手の声が聞こえてしまう。泣いたりわめいたりするのをさんざ聞かされて、母さんは頭がおかしくなりそうになっている。あいつを大人しくさせるだけのために母さんはあいつに毎晩会いにいかなきゃならない」

その話は父さんから聞いていたものとちがっていた。

「おまえの母親は罪のない学者を誘惑し、邪《よこしま》な魔力を増そうとして生命の源を奪ってるじゃないか！　商人の息子のひどく衰弱した様子を見るがいい！」

「あの男が弱っているのは、母さんを忘れさせるつもりで、藪医者が毒を盛っているからよ。母さんこそ、夜ごと訪れてあいつを死なないようにさせているの。それから、誘惑なんて言葉を使わないでくれる？　人間の女に恋に落ちるのとまったくおなじように、人は妖狐に恋に落ちるんだから」

なにを言ったらいいのかわからず、最初に心に浮かんだことを口にした。「それとこれとはちがうと思う」

彼女は鼻で笑った。「ちがうって？　ローブを羽織るまえにどんな目であたしを見ていたか、ちゃんとわかってる」

顔から火が出た。「あつかましい妖怪め！」ぼくは陶壺を手にした。彼女はいまいる場所を動かず、顔に嘲笑を浮かべた。結局、ぼくは壺を下に置いた。

本堂での戦いは騒がしさを増していき、突然、すさまじい音がして、父の勝鬨《かちどき》と、耳をつんざく女の長い悲鳴がつづいた。

女の子の顔にもはや嘲笑は浮かんでおらず、憤りしかなかった。それが徐々に動揺に変わっていく。目から生き生きとした輝きが失われ、死んだ目つきになった。

父の雄叫びがまた聞こえた。悲鳴がふいに消えた。

「梁《リアン》！　梁《リアン》！　終わったぞ。どこだ？」

涙が少女の頬を伝い落ちた。

「寺を探せ」父の声がつづいた。「子狐がここにいるかもしれない。そいつらも殺さねばならん」

少女は体を強ばらせた。

「梁《リアン》、なにか見つけたか？」声が近づいてきた。

「なにも」ぼくは少女と視線を絡み合わせたまま、答えた。「なにも見つからない」

彼女は身を翻すと僧房から静かに走り去った。すぐに裏手の壊れた壁を一匹の白い狐が飛び越え、夜に姿を消すのが見えた。

死者の祭り、清明節。父とぼくは母の墓参りに出かけた。死後の霊を慰めるため、お供え物を持っていく。

「しばらくここにいたいんだ」ぼくがそう言うと、父はうなずいてその場を立ち去り、家に帰っていった。

母に小声で謝り、お供えに持ってきた鶏肉を詰め直して、三里歩き、丘の反対側にある廃寺にきた。

本堂でひざまずいている艶《ヤン》を見つけた。五年まえに彼女の母親をぼくの父が殺した場所のそばだ。髪を一つに束ねている。女性が十五歳になり、成人したことを示す儀式、笄礼《チリー》を迎えた若い女性の髪型だ。ぼくらは家族が集うことになっている機会である、清明節、重陽節、盂蘭《うら》盆《ぼん》、新年のたびに会ってきた。

「これを持ってきたよ」そう言ってぼくは、蒸し鶏を渡した。

「ありがとう」艶《ヤン》はおもむろに腿肉を外し、品良く歯を突きたてた。妖狐が人里近くに住むのを選ぶのは、人に属している様々な事柄を暮らしに取り入れるのを好むからだと、以前に艶《ヤン》は説明してくれた——会話や綺麗な服、詩や物語、そしてときには、尊敬すべき親切な男性の愛。

とはいえ、妖狐は狐の形態をしているときにもっとも自由を感じる狩人であるのは変わりなかった。母親の身にあんなことが起こったあとで、艶《ヤン》は鶏小屋に近づかないようにしていたものの、鶏肉の味を忘れられずにいた。

「狩りの成果は？」ぼくは訊ねた。

「いまいち」艶《ヤン》は答えた。「百歳山椒魚や六本指兎は、ほとんどいない。もうお腹いっぱい食べられることはけっしてなさそう」鶏肉をまた一切れ口に含み、噛んで呑みこんだ。「それに変身にも支障をきたしだしてる」

「その姿を保つのが難しいわけ？」

「うぅん」艶《ヤン》は残りの鶏肉を地面に置き、小声で亡き母に祈りを捧げた。

「真の姿に戻るのがだんだん難しくなってきたんだ」艶《ヤン》はつづける。「狩りをするためのね。ときどき、まったく戻れない夜もある。そっちの狩りはどう？」

「こっちもいまいちさ。数年まえほど蛇精や怨霊がいなくなったようなんだ。人間関係がうまくいかずに自殺した亡霊の出現率も下がっている。それにもう何カ月もまともな殭屍《キョンシー》に出会っていない。父さんは金のことを心配しているんだ」

妖狐退治の依頼もこなくなって何年も経っていた。ことによると艶《ヤン》が仲間に警告して近づかないようにさせていたのかもしれない。実を言うと、ぼくはほっとしていた。父にあることについてあなたはまちがっていると伝えなければならないかと思うと気が重かった。それでなくとも父はとてもいらついていて、自分の知識や技がさして必要とされなくなっているように思えるいま、村人たちからの敬意を失いかけていると気を揉んでいた。

「ひょっとして、殭屍《キョンシー》も誤解されていると思ったことない？」艶《ヤン》が訊ねる。「あたしや母さんのように？」

ぼくの顔色が変わったのを見て艶《ヤン》は笑い声をあげた。「冗談だって！」

奇妙だった――艶《ヤン》とぼくがわかちあっているものは。友だちというのとはちょっとちがう。どちらかというと、この世が言われた通りには機能していないという知識をわかちあっているがゆえに、惹きつけられざるをえなかった相手だ。

艶《ヤン》は母親に供えるために残した鶏肉を見て言った。「この土地から魔法の力が減っていっている気がする」

ぼくはなにかおかしいと疑っていたけど、その疑念を口に出したくなかった。そんなことをすれば本当のことになってしまうかもしれないと思っていたからだ。

「その原因はなんだと思う？」

返事をするかわりに、艶《ヤン》は耳をそばだて、じっと聞き入った。やおら立ち上がると、ぼくの手をつかみ、本堂の仏像のうしろに引っぱっていった。

「いったい――」

艶《ヤン》はぼくの唇に指を押し当てた。それほど近づいたせいで、彼女の匂いに気づいた。彼女の母親の匂いに似ていた。甘く芳しい。だけど、太陽を浴びて乾いた毛布のように、生気に溢れた匂いでもあった。自分の顔が火照ってくるのがわかった。

その直後、男たちの一団が寺に向かってやってくる物音が聞こえた。おずおずと仏像のうしろからぼくは首を少しだけ伸ばして、様子を窺った。

暑い日だった。男たちは真昼の日差しを避けるための日陰を探していた。ふたりの男が担いでいた籐製の椅子籠を下ろした。籠から降りた客は外国人だった。黄色い巻き毛と白い肌の持ち主だ。その一団のほかの男たちは、三脚のテーブルや、水準器、青銅の筒、蓋のあいている行李《こうり》を運んでいた。行李には見慣れぬ装置が詰まっていた。

「トンプスンさま」役人風の服装をした男が外国人に近づいた。男が腰をかがめ、笑みを浮かべ、頭をへこへこ上げ下げしている様子は、蹴られてもなお尻尾を振る犬を思わせた。「ご休憩なさって、冷たいお茶でもいかがですか。先祖の墓参りに出かけるはずの日に働くのは、この連中にとってきついことですし、少々時間をいただいて、神々や霊を怒らせないよう、祈りを捧げにゃなりません。ですが、そのあとは一所懸命に働いて、時間通りに調査を終わらせます」

「おまえたち中国人の問題は、どうしようもなく迷信深いところにある」外国人は言った。奇妙な訛りがあったものの、言っていることははっきりわかった。「いいか、香港天津鉄道は、大英帝国にとって優先事項なのだ。日没までに泊頭村にたどり着かないなら、おまえたちの日当は片っ端から減らしてやる」

満州族皇帝が戦争に敗れ、あらゆるたぐいの譲歩を強いられているのは噂に聞いていた。そのひとつが、金を払って外国人に鉄の道を築く手助けをさせているというものだ。だけど、そうしたことはみな絵空事に思えて、ぼくはろくに関心を払っていなかった。

役人はぺこぺことうなずいた。「なにもかもトンプスンさまのおっしゃるとおりです。ですが、ひとつご提案があるので、お耳を貸していただけませんでしょうか？」

うんざりした様子の英国人はじれったそうに手を振って、発言を促した。

「地元の村人たちのなかには、鉄道の敷設予定地を心配しているものがおります。すでに敷設された線路が大地の気脈を遮っていると考えています。風水上、良くないと」

「いったいなんの話だ？」

「人の呼吸方法に似ているとでも申しましょうか」役人は言った。英国人に理解させようと、何度かふーふーと息を吐いた。「大地には、川や丘や古い道に沿った経路があり、気のエネルギーを運んでいるのです。それが村を栄えさせ、稀少な獣や土地の精霊や家の守り神の命を支えています。風水師の助言に従って、敷設予定の線路をほんの少しずらすことをお考えいただけないでしょうか？」

トンプスンは目を丸くした。「いままで耳にしたなかでいちばんひどいたわごとだ。おまえたちの異教の神が腹を立てるだろうから、われわれの鉄道のもっとも効率的な敷設予定路を変更させたいというのか？」

役人は傷ついた表情を浮かべた。「なんと申しましょうか、線路がすでに敷かれた場所では、たくさんの凶事が起こっているんです——人は金を失い、獣は死んでいき、家の守り神は祈りに応えなくなっています。仏僧も道士もみな、鉄道のせいだと意見を同じくしています」

トンプスンは仏像につかつかと歩み寄り、品定めするように見た。ぼくは仏像のうしろに頭を引っこめ、艶《ヤン》の手を強く握った。ぼくらは息を殺し、見つからないよう願った。

「こいつはまだなんらかの力を持っているのか？」トンプスンが訊いた。

「この寺は永年僧侶のいない空き寺になっております」役人は言った。「ですが、この仏さまはいまでもとても敬われております。願いをよく叶えてくださると村人たちが言っているそうで」

するとなにかの壊れる大きな音と、本堂の男たちがいっせいに息を呑む音が聞こえた。

「この杖でおまえたちの神の両手を叩き折ってやったぞ」トンプスンが言った。「見てのとおり、おれは雷に打たれもしなかったし、ほかの災いにも見舞われなかった。ほらな、これが藁をまぶした泥で作られ、安っぽい塗料で塗られた偶像にすぎないのがわかっただろ。これこそおまえたちが英国との戦争で負けた理由だ。鉄の道を敷設し、鋼鉄の武器をこしらえることを考えるべきときに、泥の像を敬っている」

鉄道の敷設予定路を変更する話はそれ以上されなかった。

男たちが立ち去ると、艶《ヤン》とぼくは仏像のうしろから離れた。ぼくらはしばらく仏陀の壊れた両手に目を凝らした。

「世界は変わりつつある」艶《ヤン》が言った。「香港、鉄の道、会話を伝える電線や、煙を吐き出す機械を持っている外国人たち。茶房の講釈師たちは、そうした驚異の話をますますするようになっている。それが古い魔法が消えていく理由だと思う。もっと強力な魔法がやってきたの」

艶《ヤン》は声に感情を表さず、冷静な口調でいた。秋の静かな池のようだ。だけど、彼女の言葉は信憑性を持って響いた。客がどんどん減っていったとき、父が陽気な態度を保とうとしていたのをぼくは思い出した。呪文や剣舞の動きを学ぼうとして費やした時間は無駄だったんだろうか。

「きみはなにをするつもりだ？」山のなかにひとりでいて、魔力を保つだけの食料を見つけられずにいる艶《ヤン》のことを考えた。

「あたしにできることがたったひとつある」艶《ヤン》の声が一瞬乱れ、挑むような口調になった。水たまりに小石を投げ入れたかのように。

だが、その直後にぼくを見た艶《ヤン》は、冷静さを取り戻していた。

「いい、あたしたちにできることがたったひとつある。生き延びるために学ぶのよ」

やがて鉄道は見慣れた景色の一部になった――黒い機関車が緑の水田を音高く走り抜け、蒸気を吐き出し、うしろに長い列車を引っ張っていく。遠くの霞のかかった青い山並みから降りてくる龍さながらに。しばらくは、すばらしい光景だった。子どもたちは汽車に驚嘆し、線路に沿って走って追いかけようとしていた。

だが、機関車の煙突から出る煤が線路の最寄りの水田の米を枯らし、ある日の午後、線路の上で遊んでいたふたりの子どもが、迫ってくる機関車に怯えて動けずに死んだ。そのあと、汽車は魅力的な存在ではなくなった。

人は父とぼくのところに仕事を頼みにこなくなった。彼らはキリスト教の宣教師かサンフランシスコで勉強したと自称する新しい教師のどちらかのところにでかけた。村の若い男たちは、眩《まばゆ》い光と払いの良い仕事の噂に突き動かされて、村を離れ、香港や広東に向かいはじめた。畑は作付けされないまま放置された。村自体、高齢者と幼年者しかいなくなったようで、諦めの気分が漂った。遠くの地方の男たちが土地を安値で買い叩こうとやってきた。

父は日がな一日、表に面した居間に座り、〈燕尾〉をひざに載せ、玄関の扉を眺めつづけた。まるで父自身が像と化したかのようだった。

毎日、ぼくが畑から戻ってくると、父の目に瞬間的に希望の火が灯るのを見るのがつねだった。「だれかわしらの手助けが要ると言っていなかったか？」父はそう訊ねるのだ。

「いや」ぼくは答える。なるたけ明るい口調でいるよう努めた。「だけどもうすぐ殭屍《キョンシー》が現れるはずさ。出なくなって長すぎる」

そう言いながらもぼくは父を見ようとはしない。父の目から希望が消えていくのを見たくなかったからだ。

そして、ある日、寝室のがっしりした梁から父がぶら下がっているのを見つけた。父の亡骸を下ろしながらも、心は麻痺していた。父は生涯をかけて退治してきた連中と変わらないとぼくは思った――連中はみな、古い魔法によって命を保たれてきた。その魔法は消え去り、戻ってくる見込みはない。連中は魔法を失って生き延びる術を知らなかった。

〈燕尾〉がぼくの手のなかで、鈍くて重く感じられた。いつか自分は妖怪退治師になるのだろうとぼくはずっと思っていた。だけど、どこにももう妖怪や精霊がいないなら、どうやって退治師になれるのだ？　この剣に吹きこまれた道士の祝福は父の沈んでいく心を救えなかった。もしぼくが固執したなら、ぼくの心も重さを増し、動きをやめたがるようになるかもしれない。六年まえのあの日、寺で鉄道測量隊から身を隠していたときから艶《ヤン》には会っていなかった。だけど、彼女の言葉がいま、蘇った。

生き延びるために学ぶのよ。

ぼくは荷物をまとめ、香港行きの汽車の乗車券を買った。

シーク教徒の警備員がぼくの書類を確認し、手を振って保安ゲートを通過させてくれた。

ぼくは立ち止まり、山の急斜面をのぼっていく線路を目でたどった。鉄道の線路というより、天にのぼっていく梯子のように見えた。これは鋼索鉄道《ケーブルカー》。香港の支配者たちが暮らし、中国人は滞在が禁じられているヴィクトリア・ピークの頂上へ通じるトラム。

だが、中国人はボイラーに石炭を放りこみ、各装置に油を差すのは得意だった。

ぼくが機関室に入ると、蒸気がまわりで立ち上った。五年が経ち、ピストンのリズミカルな連続音と制御装置の断続的な摩擦音を自分の呼吸や心拍とおなじくらい熟知していた。そうした規則正しい騒音には、ある種の音楽があり、歌劇の開幕時にシンバルや銅鑼《どら》を叩き合わせるときのようにぼくを感動させた。蒸気圧を確認し、ガスケットに密封剤を塗り、フランジを締め、予備のケーブル・アセンブリの摩耗したギアを交換した。ぼくは作業に没頭した。きついが満足いく仕事だ。

シフトの終わりになるころには、暗くなっていた。機関室の外に出たところ、空に満月が浮かんでいた。ぼくの蒸気機関に動力を得た車両が客を満載して山の斜面を引き上げられていくところだった。

「中国の鬼に付いてこられないようにね」明るいブロンドの髪をした女性が車両のなかで言い、連れの者たちが笑い声をあげた。

ああ、盂蘭盆なんだ、とぼくは思い当たった。施餓鬼会《せがきえ》だ。父さんになにかお供えしないとな、旺角《モンコック》（香港九龍半島の繁華街）で紙銭でも手に入れて。

「おれらはまだおまえが欲しいっていうのに、お役御免にしてもらえると思うのか？」男の声が聞こえた。

「おまえみたいな女は、その気にさせてなにもなしというのはなしだぜ」べつの男がそう言って、笑い声をあげた。

声のした方向を見ると、トラム駅のすぐ外の物陰にひとりの中国人女性が立っているのが目に入った。身体の線を浮かび上がらせている西洋式の長衫《チャイナドレス》と派手な化粧が女の職業を物語っていた。ふたりの英国人が女のまえを塞いでいた。ひとりが抱きつこうとしたが、女は後じさって避けた。

「お願い。とても疲れてるの」女は英語で答えた。「また今度ね」

「おいおい、ふざけるな」最初の男が語気を強めて言った。「これは話し合いなんかじゃない。付いてきて、おまえがやるはずのことをやれ」

ぼくは彼らに近づいた。「ちょっと」

男たちは振り返って、ぼくを見た。

「どうかしたんですか?」

「おまえには関係ない」

「いいえ、ぼくに関係しているんですよ」ぼくは言った。「妹に話しているあなたがたの口ぶりからするとね」

ふたりともぼくの言ったことを信じていなかっただろう。だが、重たい機械と五年間格闘してきたことで、ぼくは筋肉のついたがっしりした身体つきになっており、また男たちはエンジンオイルがべっとり付いているぼくの顔や手足を見て、身分の低い中国人機関士と表だって取っ組み合うのは得策でないとおそらく悟った。

悪態をつきながら、ふたりの英国人は、その場を離れ、山頂纜車《ピーク・トラム》に乗るための列に並びにいった。

「ありがとう」彼女は言った。

「ひさしぶり」ぼくは艶《ヤン》を見ながら、言った。元気そうだね、という言葉をぼくは呑みこんだ。

ちっとも元気には見えなかった。疲れて見え、痩せて、はかなげだった。それに彼女がつけているきつい香水が鼻をついた。

だけど、ぼくは艶《ヤン》のことを批判がましく思わなかった。他人を批判するのは、生き延びる必要のなかった連中の贅沢だ。

「今夜は施餓鬼会」艶《ヤン》は言った。「もう働きたくなかった。母さんのことを考えていたかった」

「いっしょにお供えを買いにいかないかい？」ぼくは訊ねた。

ぼくらはフェリーに乗って九龍に向かった。水面を渡るそよ風に艶《ヤン》は少し元気を取り戻した。

艶《ヤン》はタオルをフェリー備え付けのティーポットのお湯で濡らして、化粧を落とした。彼女本来の匂いをかすかに嗅いだ。以前とおなじように生き生きとして、愛らしい匂い。

「元気そうだな」ぼくはそう言った。本気でそう思った。

九龍の街をそぞろ歩いて、焼き菓子や果物、冷たい白玉団子、蒸し鶏、お香、紙銭を買い、おたがいの近況を伝えた。

「狩りはどうだい？」ぼくは訊いた。ふたりとも笑い出した。

「狐だったときが懐かしい」艶《ヤン》は言った。上の空で手羽先をかじる。「あなたと最後に話をしてから少ししたある日、最後に残っていた魔力が消えたのがわかった。もう変身できなくなった」

「残念《アイム・ソーリー》だ」ほかになにも言えなくてそう口にした。

「人間の事物を好きになるよう母さんに教えてもらった——食べ物や衣服、歌劇や昔話を。だけど、母さんはそういったものに依存することはけっしてなかった。あの人は好きなときにいつだって真の自分の姿に戻り、狩りをすることができた。だけど、いまこの姿で、あたしになにができる？　あたしにはかぎ爪がない。鋭い歯も持っていない。あまり速く走ることすらできない。あたしにあるのは、この美貌だけ。あなたの父親とあなたがあたしの母さんを殺した理由とおなじもの。だから、いま、あたしはあなたがむかし母さんがしているといって誤って非難したことで暮らしを立てている――金のために男たちを誘惑してるの」

「父も亡くなったよ」

それを聞いて、艶《ヤン》から辛辣さが若干薄まったようだった。

「なにがあったの？」

「きみとおなじように、魔法の力が消えたと感じたんだ。父はそれに耐えられなかった」

「お気の毒に《アイム・ソーリー》」艶《ヤン》もそれ以外に言うべき言葉がないのだとぼくにはわかった。

「まえにぼくらに唯一できることは生き延びることだと言ったよね。ああ言ってくれたきみに心から感謝している。たぶんそれでぼくは命を救われたんだ」

「だったら、あたしたちはおあいこね」ほほ笑みながら、艶《ヤン》は言った。「だけど、自分たちの話をするのはこれっきりにしましょう。今夜は、亡くなった人たちの特別な夜なんだから」

ぼくらは港に降りていき、水面のそばに供物を置き、ぼくらの愛した亡くなった人たちがみなやってきて、食事を取るよう招いた。そののち、お香に火を点け、バケツに紙銭を入れて燃やした。

炎の熱に煽られて、燃えた紙片が空に運ばれていくのを艶《ヤン》はじっと見つめた。紙片は星にまぎれて見えなくなった。「もう魔法の力は消えてしまったのに、今夜、黄泉の門はまだ死者のためにひらかれていると思う？」

ぼくはためらった。若かったころ、ぼくは修業を積んで、障子を死霊が指でひっかく音を聞き取り、風の音と霊の声を聞き分けることができた。だけど、いまはピストンのすさまじい駆動音や、バルブを高圧蒸気が通り抜ける耳を聾《ろう》せんばかりの金切り音に耐えるのに慣れてしまっていた。子どものころの消えてしまった世界を聞き分けられると自信をもって言えなくなっていた。

「わからない」ぼくは言った。「だけど、死者も生者と変わらないんじゃないかな。鉄の道と汽笛のせいで小さくなった世界で生き延びる方法を見出した連中もいれば、見出せなかった連中もいるんだろう」

「でも、生き延びたとしても、その先はあるのかな？」艶《ヤン》は訊いた。

彼女はあいかわらずぼくを驚かせてくれる。

「つまり」艶《ヤン》はつづけた。「あなた、幸せ？　一日中、蒸気機関を動かしていて、幸せなの？　自分も歯車のひとつのようになって。あなたの夢はなに？」

ぼくはどんな夢も思い出せなかった。ギアやレバーの動きに心奪われるがままになってきた。

金属と金属の絶え間ないぶつかり合いの狭間に心を埋めようとしてきた。父のことを考える必要がなくてすむための方法だった。すっかり失ってしまった土地のことを考えずにすむための方法だった。

「あたしは金属とアスファルトでできたこのジャングルで狩りをすることを夢に見ている」彼女は言った。「真の姿になって、梁から横桟へ、テラスから屋根へ飛び移るのを夢に見ている。やがて、この島のてっぺんにたどり着き、あたしをわがものにできると信じている男たち全員の面前で吠えてやるんだ」

見ていると、艶《ヤン》の目が一瞬きらりと光ったかと思うと、すぐに光が消えた。

「蒸気と電気の新時代では、この巨大都市のなかで、ヴィクトリア・ピークに暮らしているあの連中をべつにして、真の姿でいる連中はまだいるのかしら？」彼女は問うた。

ぼくらは港のそばでいっしょに腰を下ろし、一晩中、紙銭を燃やし、死者の霊がまだともにいる徴《しるし》が現れるのを待った。

香港での暮らしは奇妙な経験になりうる——一日一日では、物事はけっしてたいした変化はないように思える。ところが、二、三年経って比べてみると、まるで異なる世界に暮らしているようにすら思えるのだ。

三十歳の誕生日がくるまでには、新しい設計の蒸気機関の登場で、石炭の使用量が減り、出力が増した。サイズがどんどん小さくなっていった。街の通りには、自動三輪車や馬無し馬車《じどうしゃ》が縦横に走り回り、それらを買う余裕のある人々は、家のなかに冷気を保ち、台所の箱のなかの食料を冷蔵保存する機械も往々にして備えていた——すべて蒸気に動力を得ていた。

ぼくは店に入り、店員たちから向けられる怒りに耐えながら、展示されている新機種の部品を矯《た》めつ眇《すが》めつした。蒸気機関の作動原理と操作に関する見つかるかぎりすべての本をむさぼり読んだ。そうした原理を自分が担当している機械の改良にあてようとした——あらたな点火サイクルを試み、ピストン用の新種の潤滑油を試し、ギア率を調整した。機械の魔力を理解するにいたったという形で、ある程度の満足を得た。

ある朝、壊れた調整器を修理していると——少しばかり慎重を要する作業だ——ぴかぴかに磨かれた靴が二揃い、ぼくの目のまえの乗降場で足を止めた。

ぼくは顔を上げた。ふたりの男がぼくを見下ろした。

「こいつです」おなじ勤務時間帯の上司が言った。

もうひとりの男は、パリッとしたスーツをまとい、懐疑的な表情を浮かべた。「古い蒸気機関に大きめのはずみ車を使うアイデアを思いついたのはおまえか？」

ぼくはうなずいた。元々の設計者たちが夢にも見たことがないほどの動力を引き出すやり方にぼくは誇りを抱いていた。

「イギリス人からそのアイデアを盗んだんじゃないのか？」男の口調は辛辣だった。

ぼくは目をしばたたいた。一瞬の困惑につづいて、怒りがどっとこみあげた。「いいえ」声を荒らげないよう必死にこらえた。作業をつづけるため、機械の下にふたたび潜りこんだ。

「こいつはずいぶん賢いですよ」上司が言った。「中国人にしてはね。鍛えれば使えます」

「試してみる価値はあるな」もうひとりの男が言った。「イングランドから本物の技師を雇うより安くつくのは確かだろう」


ピーク・トラムのオーナーにして、自身も熱心な技師であるアレクサンダー・フィンリー・スミス氏は、チャンスをうかがっていた。テクノロジーの発展の道筋が蒸気動力を利用した自動装置操作につながるのは必然だろうと予測していた——機械の手足がいずれは中国人の下層《クー》労働《リー》者や召使いにとってかわるだろう、と。

ぼくはフィンリー・スミス氏の新規開発事業に従事するため選ばれた。

時計の修理方法を学んだのち、ギアの精緻なシステムを設計し、レバーの独創的な用途を考案した。金属にクロムめっきをする方法や、真鍮を加工して滑らかな曲線を描くようにする方法を研究した。強化および高耐久化された時計仕掛けの世界と、小型化され、調節されたピストンと清浄な蒸気の世界を結びつける方法をいくつも考案した。自動装置が完成するとすぐにわれわれは英国から送られてきた最新の分析機関に接続し、バベッジ＝ラヴレイス・コードの穴が大量に穿たれたテープを送りこんだ。

激務の十年間が必要だった。だが、いまや機械の腕が中環《セントラル》の建ち並ぶバーで飲み物を給仕しており、新界の工場では、機械の手が靴や衣服をこしらえていた。聞いたところによると――実際に見たことは一度もなかったけれど――ヴィクトリア・ピークにあるお屋敷では、ぼくが設計した自動掃除機やモップがこっそり廊下をうろつきまわり、壁にそっとぶつかりながら、床を綺麗にしているそうだ。機械仕掛けの妖精よろしく、白い蒸気をポッと吐きながら。国外在住者たちはやっと中国人の存在を思い出させるものから自由になって、この熱帯の天国で生活を送れるようになった。

ぼくが三十五歳になったとき、彼女がふたたび戸口に姿を現した。ずいぶんむかしの思い出のように。

ぼくは彼女を狭いアパートに引き入れ、あたりを見回してだれもあとをつけていないことを確認してから、ドアを閉めた。

「狩りの調子はどうだい？」ぼくは訊いた。場違いな冗談で、彼女は力なく笑った。

艶《ヤン》の写真は新聞各紙にでかでかと載っていた。植民地最大のスキャンダルだった。総督の息子が中国人の愛人を囲っていたというのは大したスキャンダルではない――予想のうちの出来事だった――だが、その愛人が総督の息子から多額の現金を奪って、姿を消したため、大きな醜聞になった。警察が市内をひっくり返し、彼女の行方を追っているあいだ、だれもが忍び笑いを漏らした。

「今夜は匿《かくま》ってあげるよ」ぼくは言った。そして待った。口にしなかった言葉の半分がぼくらのあいだで宙ぶらりんになった。

艶《ヤン》は部屋のなかに一脚だけある椅子に腰を下ろした。薄暗い電球が彼女の顔に暗い影を落とす。やつれて、疲れ切っている様子だ。「ふん、あたしの行動を非難してるのね」

「ぼくには失いたくない良い仕事があるんだ」ぼくは言った。「フィンリー・スミスさんは、ぼくを信用してくれている」

艶《ヤン》はまえかがみになり、服を引っ張りあげはじめた。

「やめてくれ」そう言ってぼくは顔をそむけた。彼女が自分の商売をこちらにもちかけてくるのを見ていられなかった。

「見て」艶《ヤン》は言った。その声に誘惑の気配はなかった。「梁《リァン》、あたしを見て」

ぼくは顔を動かし、あえぎを漏らした。

彼女の両脚は、ぼくから見えるかぎり、ぴかぴかのクロム合金でできていた。ぼくはもっと近くで見ようと身をかがめた——ひざの円筒形ジョイントは、精緻な旋盤加工が施されており、ふともも沿って取り付けられている空圧アクチュエーターはまったく音もなく動き、脚部は綺麗に成形され、表面は滑らかで流れるようだった。いままで見たなかでもっとも美しい機械仕掛けの脚だった。

「あいつに薬で眠らされたの」艶《ヤン》は言った。「目が覚めたら、脚が無くなっていて、こいつに変わっていた。痛みは耐えがたいものだった。ふつうの女には勃たないんだ、とあいつはあたしに説明した——肉体よりも機械が好きで、ふつうの女には勃たないんだ、と」

その手の男たちの噂は耳にしたことがある。クロムと真鍮と甲高い金属音としゅーしゅーという蒸気音に満ちた都市では、欲望はややこしいものになる。

相手の表情を見ずにすむよう、彼女のふくらはぎのきらめく曲線に沿って光が動く様子に目を凝らした。

「いずれかひとつを選ばなければならなかった——あいつを満足させるため、あたしを変えさせつづける。さもなきゃ、あいつはこの脚を取り外して、あたしを道ばたに放り出すことができた。脚のない中国人娼婦がいるなんてだれが信じる？　あたしはなんとしても生き延びたかった。そのため、激痛をこらえて、つづけさせた」

艶《ヤン》は立ち上がり、残りの服を脱いだ。オペラ・グローブさえ外した。ぼくはクロム合金の胴を食い入るように見つめた。腰のまわりが滑らかな動きを可能にするためスレート構造になっている。屈曲部の多い腕は、曲がったプレートを醜悪な鎧のように重ね合わせてこしらえられていた。両手は精巧なメッシュ状金属で形成されていて、黒いスチール製の指の先端には、本来爪があるところに宝石がつけられていた。

「あいつは費用をけちらなかった。あたしの身体のすべての機械部分は最高の職人技で作られ、最高の外科医によって身体に接続された——法律で禁じられていようと、人体が電気によって、電線に置き換えられた神経によって、どのように動かせるか実験したがっている連中は大勢いるの。やつらはいつもあいつにだけ話しかけた。まるであたしはもう機械でしかないみたいに。そして、ある夜、あいつに酷い目に遭って、やけになって反撃したの。あいつは藁でできているみたいに倒れた。それで突然悟った。自分が金属の腕のなかにどれほどの力を秘めているかを。あたしはあいつにあらゆることをやらせ、ひとつひとつあたしを置き換えさせ、あたしは失ったものを嘆き悲しんでいたけど、自分がなにを手に入れたのかずっと理解していなかった。恐《テリブル》ろしいことがあたしの身にふりかかってきたけれども、あたし自身が凄《テリブル》いものになることができた。

あたしは気絶するまであいつの首を絞めてから、見つけられた金をあらいざらいかっさらって、出ていった。

そして、あなたのところにやってきたの、梁《リアン》。助けてくれる？」

ぼくは歩み寄り、彼女を抱き締めた。「この事態を元に戻すためのなんらかの方法を探してみよう。きっとどこかに医者が——」

「いえ」艶《ヤン》が遮った。「あたしの望みはそういうことじゃない」

その仕事を完成させるのにほぼ丸一年かかった。艶《ヤン》の金が役に立ったが、金で買えないものもあった。とりわけ、技術と知識だ。

ぼくのアパートが作業場になった。ぼくらは毎晩はもとより、日曜も潰して作業にあたった——金属を成形し、ギアを磨き、電線を配線しなおした。

顔がもっとも難しい場所だった。そこはまだ生身だった。

ぼくは解剖に関する文献を読みあさり、石膏で彼女の顔の型を取った。自分の頬骨を骨折させ、顔を切った。よろよろと外科病院に入っていき、こうした傷をどう修復するのか学ぶためにだ。宝石をちりばめた高価な仮面を買い、分解し、顔の形を写し取るための金属加工の精妙な技術を学んだ。

ついにそのときがきた。

窓越しに月が床に青白い平行四辺形を投じた。艶《ヤン》はそのまんなかに立ち、頭を動かして、自分の新たな顔を試そうとしていた。

滑らかなクロム合金の皮膚の下に数百の小型空圧アクチュエーターが隠されており、ひとつひとつが独立して制御できるようになっており、どんな表情でも浮かべられるようになっていた。だが、目は元のままだった。昂奮して月明かりに輝いている。

「用意はいいかい?」ぼくは訊いた。

艶《ヤン》はうなずいた。

ぼくは彼女にボウルを渡した。なかには細かい粉状にすりつぶした混じりっけ無しの無煙炭がたっぷり入っている。燃えた木の臭いがした。大地の中心の臭いだ。彼女はそれを口に流し入れて、飲みこんだ。蒸気圧が上昇していくにつれ、胴体のなかの小型ボイラーに点いた火が温度を増していくのが聞こえた。

艶《ヤン》は顔を起こし、咆吼した——真鍮のパイプを蒸気が通過していくことによって出た咆吼だったけど、それでもはるかむかしにはじめて妖狐の声を聞いたときのあの野性的な咆吼を思い出させるものだった。

ついで艶《ヤン》は床に四つん這いになった。ギアがはまり、ピストンが上下し、褶曲した金属プレートがたがいにスライドして重なる——彼女が変身をはじめると、それらの音がどんどん大きくなった。

艶《ヤン》は最初のおぼろげなアイデアを紙にインクで描いた。それからそれを改良させ、得心がいくまで数百回修正を試みた。そこには彼女の母親の痕跡を見て取ることができたが、同時によリ精悍で、とても新しいものでもあった。

艶《ヤン》のアイデアを出発点にして、ぼくはクロム合金の皮膚に繊細なひだと、金属の骨格に複雑な関節を加えた。すべてのヒンジを留め、すべてのギアを組み立て、すべての電線をはんだ付けし、すべての接合部を溶接し、すべてのアクチュエーターに油を差した。ぼくは彼女を分解し、もう一度組み立てた。

それでも、あらゆる箇所が作動しているのを見るのは驚異だった。ぼくの目のまえで、艶《ヤン》は銀色の折り紙構造物のように畳まれ、開かれ、ついには最古の伝説の存在のように美しくて恐ろしいクロム製の狐となってぼくのまえに立った。

艶《ヤン》はアパートのなかを動きまわり、光沢のある新しい姿を試し、物音を立てない新たな動きを確かめた。四肢が月光にきらきら輝き、レースのように細い精妙な銀のワイヤーでできている尾が薄暗いアパートの部屋のなかで光の残像を残した。

艶《ヤン》は振り返り、ぼくのほうに歩いて――いや、滑るように向かってきた。輝かしい狩人。いにしえの幻影が蘇る。深呼吸をすると、炎と煙、エンジンオイル、磨き立てられた金属の臭いがした。力の香りだ。

「ありがとう」艶《ヤン》はそう言うと、身体を寄せてきた。ぼくは彼女の真の姿に両腕をまわした。彼女のなかの蒸気機関が冷たい金属の身体を熱しており、その身体は温かく、生気に充ちている感じがした。

「感じられる?」艶《ヤン》が訊いた。

ぼくは身震いした。彼女がなにを言わんとしたのかわかったのだ。古い魔法が戻ってきたが、変化していた――毛皮と肉ではなく、金属と炎の魔法だった。

「あたしみたいな仲間を見つける」艶《ヤン》は言った。「そしてあなたのところに連れてくる。力を合わせて、彼らを自由にしてあげましょう」

かつて、ぼくは妖怪退治師だった。いまや、妖怪の一員になっている。

ぼくはドアを開けた。手には〈燕尾〉を握っている。ただの古くて重い剣であり、しかも錆びていたけれど、待ち伏せしているかもしれない相手をたたき伏せるにはまったく問題のない代物だった。

だれも待ち伏せしていなかった。

艶《ヤン》は稲妻のように跳躍した。音もなく、優雅に、香港の通りに駆けていく。自由で、野生に返って。この新時代のために作られた妖狐。

……人間の男がいったん妖狐に惚れてしまったら、たとえどんなに離れていても妖狐には相手の男の声が聞こえてしまう……

「良い狩りを《グッド・ハンティング》」ぼくは囁いた（「幸運を祈る」の意もあり）。

艶《ヤン》は遠くで吠えた。吐き出された蒸気の固まりが空中に立ち上るのを見ていると、彼女の姿は消えた。

鋼索鉄道《ケーブルカー》の線路伝いに艶《ヤン》が駆けていくところをぼくは思い描いた。疲れを知らぬエンジンが回転数を上げ、ヴィクトリア・ピークの頂上めがけて駆け上がっていく。過去のように魔法で満ちあふれた未来に向かって駆けていくのだ。

映画『Arc アーク』公開記念
石川慶 監督 × 原作者 ケン・リュウ 対談

――監督はなぜ、リュウさんの原作短篇「円弧《アーク》」を映画化しようと思ったのでしょうか。

石川　自分は元々、大学で物理を専攻していて、SFもずっと好きで読んでいたんです。そんな中で、ケン・リュウさんの作品集を読んでいたときに「円弧」と巡り会いました。そのテーマが自分の心情と大きくリンクして、またすごく日本の情景として浮かんできて、大好きだと思ったんです。それでその後、プロデューサーから「何か映画化したい原作はありますか」と聞かれたときに「円弧」のことを伝えたら、プロデューサーががんばって権利を取ってきてくれました。

――ケン・リュウさんは映画化のオファーを受けてどう思いましたか？

リュウ　非常に驚きました。私はこの作品はアメリカを舞台にしたアメリカ的な物語だと考えていたので、他の国を舞台にして映像化するという発想がなかったのです。ですが、オファーをいただいたときに、石川監督から「なぜ「円弧」をおもしろいと思ったか」ということを聞いて、彼の持つビジョンを知ることができ、ともに映像化という旅に乗り出したいと思ったんです。

――その監督がおもしろいと感じた具体的なポイントはどこだったんでしょうか。

石川　すごく東洋的な感覚というか、物事をはっきりと白と黒にわけてジャッジしたりしない感じですね。それが、とてもダイレクトに心に響いたんです。もちろんアメリカで大予算を使って作られるケン・リュウ原作映画も観てみたいとは思うんですけど、このアジアで東洋的なフィロソフィーをシェアしながら作ることで伝えられる、ケン・リュウさんの世界観やメッセージというものがあるんじゃないかと思いました。そういうことを伝えられるように、ケン・リュウさん宛てのお手紙を書きました。

――そんな監督の思いから作られた映画『Ａｒｃ　アーク』をご覧になって、ケン・リュウさんはどんな感想を抱かれましたか？

リュウ　素晴らしいと思いましたね。もちろん先に脚本を読ませていただいていましたが、映画というモノは脚本が視覚化される過程にマジックがあるんだと思うんです。本作では、ビジュアル的なストーリーテリングがとても優れているところに敬意を感じました。例えば、プラスティネーションで死体をポージングするときに、ストリングス（紐）を使うところだったり、ダンスをメタファーとして使ったりという表現ですね。そこにとても感動しました。

西洋の考え方だと、個人というものを定義づけるときに、その人の周辺のモノを取り除いていくんですけど、前から私はそのやり方はちょっと間違っているのではないか、と思っていたんです。より正確に個人というものを定義するには、その人と周囲の人との関係性が大事なことなんじゃないかと。そして、そういう個人の捉え方というのは、東洋的なものなのではないか、とも思うんです。そういう風に考えたとき、プラスティネーションの場面で、生きた人間と死体とをストリングスでつないでダンスのように動かすという描き方は、まさに両者の関係性のメタファーとなっていて、心に響くものがあると思いました。生と死をストリングスでつないでいるというのは、まさに人と人との関係性を代表するものを表しているわけですから。

——今、ケン・リュウさんが言及された、ダンスとストリングスを使ったプラスティネーションの描き方は、原作を大きくふくらませた部分だと思うのですが、監督はこれをどうやって思いつかれたんでしょう？

石川　今日は絶対それを聞かれるだろうと思って、昨日、原作を読み返しました（笑）。自分としては、すでに原作の中にこの映画で表現しているような操り人形のようなイメージが書かれてる気がしたんですね。この文章で書かれている静謐な美しさを、映画的言語に移し替えないといけないと思って、何か発明しなければと考えました。そこからのプロセスはまさに地獄の苦しみでした。迷っていたとき、自分の友人のアーティストから、インスピレーションを受けたんですよ。彼はポリゴンの無機物の中に枯れた花とかの有機物を設置するアート作品を作っている人なのですが、その作品を見たときに、何か、時間が止まってしまったというか凍りついたように保存されている、と感じました。もしかしたらプラスティネーションってこういうことなのかもしれない、と思ったんです。

——もう一つ、原作からふくらませてあるのが、小林薫さん演じる利仁《りひと》だと思います。なぜ彼の部分をふくらませようと思われたのでしょう。

石川　原作を読んだとき、主人公と映画の利仁にあたるチャーリーとの関係にはすごくドラマがあると思っていました。ここをふくらませないといけないと思っていたんですが、二人きりの話にしてしまうとどうしても主人公の贖罪の話になってしまいそうな気がしたんです。でも、この原作の本当のテーマには、彼に対する贖罪みたいなものだけではないと思いました。彼が誰とどんな関係を結んでどんな時間を過ごしてきたかを、主人公が知ることが大事なんじゃないかと考えて、それで原作には登場しない、風吹ジュンさん演じる利仁の妻・芙美を登場させたんです。

――小林さんと風吹さんの場面はどれもとても美しかったと思います。ケン・リュウさんはどうお感じになりましたか？

リュウ　この映画で最も素晴らしい瞬間の一つが、自分の子供が自分とは独立した一人の人間であることを、主人公が認識した瞬間だと思うんです。芙美が登場することによって、その物語に肉づけがしっかりとされたと思います。主人公は彼らとの出会いでやっと成長することができたんだ、と思って非常に感動しました。私は、自分の作品を脚色してもらうときは、自分の作品にはなかったモノを加えることで、脚色するフィルムメイカーの作品にしてもらいたいし、それを楽しみたいのですが、そういう意味でもとても感動しましたね。

——今、ケン・リュウさんは、映画の後半でようやく主人公のリナが人間的に成長するという話をされましたが、この主人公はそのために何十年という時間を必要としたわけですよね。つまりそのためにはこの作品にでてくるような不老不死という技術が必要だったということも言えると思うのですが、おふたりは不老不死実現のような科学技術についてどうお考えなのでしょう。

石川　脚本段階でケン・リュウさんが「自分はこの作品の世界をディストピアとしては描いていない」とおっしゃっていたのを思い出します。「例えばビデオゲームみたいに、昔さんざんその害を問われたり批判されたりしたものでも、社会にどんどん浸透していくし、自分たちの子供たちは多分世界をより良くするものをどんどん作っていく。僕は世界をそんな風に見ているんだ」って言われたのが、ものすごく心に刺さったんです。この「円弧」という小説を読んで自分が一番共感した新しい部分もそこなんだろうなと。今までだと、不老不死の話は、結局は人は死なないとダメだよね、みたいな結論になりがちだったけど、そういうジャッジはしないのが大事、でも、自分の人生を完結させることで円弧を閉じるみたいな考え方をすることもありなんだ、と、考えながら作ったつもりです。

リュウ　まさに今、監督がおっしゃった通りですね。私はフューチャリストなので、テクノロジーそのものには良いも悪いもなく、私たち人間の強さや弱さがテクノロジーによってあらわになるだけだと考えています。だから不老不死に関しても、それが可能になったときには、人間の長所や短所が増幅されるだけだと思っています。

かつてプラトンは書物というものが生まれたときに「自分の頭で考えなくなる」と、すごく危険視しました。それと同じように、発売当初は危険視されていましたが、今や私たちにとってスマホは第二の脳というか記憶装置のようなものになっていますね。不老不死にしても他のどんな未来的な科学技術にしても、私たちの子孫にとっては当たり前の技術になっているでしょう。人間そのものというのは、どの時代であっても本質的にはそんなに変わらないのではないでしょうか。

インタビュアー：堺三保（ＳＦライター）

（二〇二一年四月二十四日／於・オンライン・インタビュー）

映画『Arc アーク』公開記念

主演・芳根京子メッセージ

これまでにも原作のあるドラマや映画でいろいろな役柄を演じてきましたが、ケン・リュウさんの原作は視点が違うなと思いました。石川監督もおっしゃっていましたが、日本のものとは全く質感が違うのに違和感がない、という印象がありました。その難しい繊細な物語をこのクオリティで映画にできるのは石川監督だけだろうな、と思っていて、つくづく贅沢な環境に居させてもらえたな、と感じています。奇跡の現場でした。

原作を読んでどうやって映像化するんだろう、ということはよくあるんですが、台本を読んでどうやって映像化するんだろう、と思ったことははじめてかもしれません。どうなっていくんだろう？　と思っていたものが、現場に来たり衣裳を見たりしたことによってひとつひとつパーツがパチンとはまっていく感じがあって、それに毎回驚かされていました。とても想像力が喚起されて、石川監督はふつうの人じゃないな、と（笑）。いろいろなタイミングでそう思わされました。

すごく好きなシーンをひとつ挙げるなら、小林薫さん演じる利仁と風吹ジュンさん演じる芙美の、外で雪が降っている中で車椅子を走らせるシーンです。「生まれ変わってもまた私を見つけてね」っていうあの台詞が、もう台本を読むだけで涙腺崩壊、涙が出てしまいました。

ストリングスを使用したプラスティネーションのシーンをはじめ、全体的に大変なシーンが多かったなかで、岡田将生さん演じる天音との新婚旅行のシーンは心の支えになりました。とても救われましたね。主人公と夫との幸せな時間は原作でも一瞬しか描かれていなかったと思いますが、ふたりでいる貴重な幸せの時間がとても美しいなと思いました。あのシーンは主人公のリナにとっても宝物のようなものでした。

原作は短篇なので、長篇である映画はオリジナルな部分が多いですけれど、「こうやって原作世界を広げられるんだ！」という驚きがたくさん詰まっていると思います。原作もとても面白い作品ですが、長篇の映画になったときにその魅力が薄まるのではなく、濃度はそのままに面白さが広がったように感じられる作品です。『Ａｒｃ アーク』はこの先私はきっと、何年も見返して大事にしていくだろうな、と思っています。見返すたびに色がどんどん変わっていく作品だと感じているので、ずっと近くに置いておきたいですし、この本を買われた方もそうであってほしいなと思っています。

二〇二一年四月

編・訳者あとがき

本書は、二〇二一年六月二十五日公開予定の石川慶監督作品、映画『Ａｒｃ アーク』にあわせ編纂した、ケン・リュウ作品集です。同映画原作の「Ａｒｃ アーク」をはじめ、日本独自編集のケン・リュウ傑作選1～6（ハヤカワ文庫ＳＦ）のなかから、九篇をさらに厳選してお届けする、最高のなかからさらに最高を選んだ〝精選集〟であり、これ一冊を読めば、まだケン・リュウをご存知ない方にもその魅力が十二分に伝わるよう意図しました。

ケン・リュウ。ＳＦファンなら、いまや知らない人はおそらくほとんどいないでしょうし、文芸誌でも翻訳作品が掲載されていることから、文学好きの方にもその名は広まりつつあると思います。ですが、日本では一般的に、ごく限られた知名度しかありません。今回の映画『Ａｒｃ アーク』と本書がきっかけで、当代最高の物語作家《ストーリーテラー》のひとり、ケン・リュウの魅力がいま以上に伝わることを願ってやみません。そんな期待をこめて本書を編みましたので、読み疲れを軽減させるための軽い作品、いわゆる「箸休め」的作品を適宜はさんでバランスを取るという通常の短篇集の組み方とは異なり、これぞケン・リュウという代表作ばかり並べたものになっております。できれば一気読みするのは避けて、一日一、二篇ずつ目を通し、じっくり味わっていただければ幸いです。

　まず、作者の経歴を紹介しましょう。

　ケン・リュウKen Liu（中国名は劉宇昆《リウ・ユークン》）は、一九七六年中華人民共和国甘粛省蘭州市に生まれました。ことし（二〇二一年）四十五歳になります。十一歳のとき、家族とともにアメリカ合衆国に移住しました。当初はカリフォルニア州パロアルト市に住んでいましたが、すぐにコネチカット州ウォーターフォード市に引っ越し、中学、高校とそこで暮らします。マサチューセッツ州ケンブリッジ市のハーヴァード大学に入学し、専攻は英文学。同時に、コンピュータ・サイエンスの授業も受講していました。卒業後、マイクロソフト社に入社し、ワシントン州レッドモンド市に住んでいましたが、すぐに独立してケンブリッジ市に戻り、そこでソフトウェアの開発を数年間おこないました。つづいてハーヴァード・ロースクールに入学、卒業後数年間企業弁護士をしたのち、独立して特許訴訟関係のコンサルタント業をおこなうかたわら、スマートフォンやタブレットの子ども向けアプリも開発していました。現在もマサチューセッツ州に在住。趣味は、古いタイプライターの蒐集と修理。妻はアーティストのリサ・タン・リュウ。子どもがふたり（どちらも女の子）。

　作家としてのデビューは、二〇〇二年。第一回年間フォボス小説コンテストという新人賞（二回で終了）の入選作として、「カルタゴの薔薇」が入選作を集めたアンソロジーに掲載されました。その後、単発的に作品を発表していましたが、ある短篇（「1ビットのエラー」）に執着しすぎて、何度も掲載を断られ、手直ししては投稿し、没になるのを繰り返しているうちに書けなくなりました。ロースクールに入学したことと、新しい仕事をはじめたことなど多忙だったのも一因。二〇〇九年にこの短篇が、何度も没になった作品を集めるというテーマ（！）のアンソロジーに収録されたことで、吹っ切れ、そこから本格的に書きはじめます。この頃、中国のSF作家たちと連絡を取るようになり、彼らの作品を読みはじめ、非英語圏文化のジャンル小説に魅了され、多大なるインスピレーションを受けたのも、作家としてブレークするきっかけになったといいます。

二〇一一年発表の「紙の動物園」は、英語圏のSFおよびファンタジイ関係のメジャーな三大賞であるヒューゴー賞とネビュラ賞と世界幻想文学大賞の各短篇部門を制する史上初の三冠に輝きました。この受賞で一躍注目を集め、翌年「もののあはれ」で二年連続ヒューゴー賞短篇部門を受賞したことで、ケン・リュウの評価は揺るぎないものになりました。

「紙の動物園」以降、発表する作品が数多く賞にノミネートされ、あまたの年刊傑作選にも収録され、二〇一五年には、満を持して、はじめての長篇である大部のファンタジイ『蒲公英《ダンデライオン》王朝記』（〈新☆ハヤカワ・SF・シリーズ〉）が刊行され、ローカス賞第一長篇賞を受賞したほか、ネビュラ賞にノミネートされました。この長篇は、当初、〈蒲公英王朝記〉三部作の第一部でしたが、二〇一六年に第二部 *The Wall of Storms* が出て以降、第三部完成まで長い時間がかかり、元々二〇二〇年に一巻本として刊行予定だったのですが、あまりにも分厚くなって二分冊にせざるをえず、また、コロナ禍の影響で出版社が刊行予定を繰り延べしたこともあり、二〇二一年に第三部 *The Veiled Throne*、二〇二二年に第四部 *Speaking Bones* として刊行されることになりました。日本では、第一部しか翻訳されていませんが、四部作が出揃い、全貌が明らかになった時点で翻訳継続の気運が高まることを祈っています。

本国では、二〇一六年に第一短篇集 *The Paper Menagerie and Other Stories*、二〇二〇年に第二短篇集 *The Hidden Girl and Other Stories* が出版されています。長篇の抜粋を除く収録作のすべてが邦訳されており、そのうち一篇を除く全作が、ケン・リュウ短篇傑作集1〜6(ハヤカワ文庫SF)と、ことし二〇二〇年三月に出たばかりの最新日本オリジナル短篇集『宇宙の春』(〈新☆ハヤカワ・SF・シリーズ〉)で読めます。

また、ケン・リュウは、中国SFの翻訳紹介にも超人的な活躍をつづけており、二冊の中国SFアンソロジー『折りたたみ北京』(二〇一六、ハヤカワ文庫SF)と『月の光』(二〇一九、〈新☆ハヤカワ・SF・シリーズ〉)をみずから編集・翻訳したほか、近年日本で翻訳されたSFのなかで最大のヒット作である劉慈欣《りゅう・じきん》の『三体』三部作のうち、第一部と第三部を英訳しているなど、数多くの作品を翻訳しており、英語圏における中国SF普及の最大の功労者となっています。

書誌とともに本書収録作九篇の紹介に移りましょう――

「Arc アーク」"Arc"（〈ファンタジー&サイエンス・フィクション誌〉〔以下、F&SFと略記〕〉二〇一二年九月十月合併号）＊文庫本時タイトル「円弧《アーク》」から改題

SF的イノヴェーションで生きているうちに目にできるものがひとつだけあるとすれば、なにを見たいかという質問に、ケン・リュウ曰く「答えるのは簡単さ。われわれが死を克服するところを見たい。生はあまりにも貴重な贈り物で、それが終わらねばならないのはただただ残念でしかない」と。なお、「不死」をテーマにした本作品の姉妹篇として「波」という作品があり、ケン・リュウ短篇傑作集2『もののあはれ』（ハヤカワ文庫SF）に収録していますので、比較して読んでいただくのも一興でしょう。さしずめ、「円弧」が地球篇で、「波」が宇宙篇と申せます。

映画『Arc アーク』は、本作を原作としていますが、石川慶監督と澤井香織氏による脚本の初稿を英訳したものをケン・リュウに送ったところ、「長文のメールが届いた。脚本開発には客観的な意見を得るために、〝スクリプトドクター〟を入れることがあるのだが、ケン・リュウからのメッセージは、まさにその役割を果たすものだった。より優れた映画にするための具体的な提案が示されていた」（『Arc アーク』宣伝資料より）とのこと。ケン・リュウは、この映画の原作者だけではなく、エグゼクティブ・プロデューサーにもなっています。

試写を見た早川書房の編集者から、「（おなじく中国系アメリカ人ＳＦ作家である）テッド・チャンの短篇「あなたの人生の物語」を原作にしたドゥニ・ヴィルヌーヴ監督の『メッセージ』（二〇一六）に匹敵するくらいすばらしいＳＦ映画だ」と事前に聞いていたのですが、それからしばらくして訳者もようやく試写を見ることができ、まさにその通りだと思いました。怪獣映画やアニメ、ＣＧばりばりのハリウッドの大作ではないＳＦ映画として、これほどレベルの高い作品を見たのは、ひさびさの体験でした。全篇を通した映像の美しさと主演の芳根京子さんの演技に目を瞠りましたし、内容の明晰性《わかりやすさ》は、ケン・リュウ作品に一貫しているものと相通じるものがあると感じました。原作の再現度の高さとアレンジの妙は、映画と原作、どちらを先に鑑賞しても楽しめることまちがいありません。

「紙の動物園」“The Paper Menagerie”（〈Ｆ＆ＳＦ〉二〇一一年三月四月合併号、〈ＳＦマガジン〉二〇一三年三月号訳載）
二〇一二年度ネビュラ賞・ヒューゴー賞・世界幻想文学大賞短篇部門受賞、第四十五回（二〇一四年度）星雲賞海外短編部門受賞、第二十五回（二〇一三年度）ＳＦマガジン読者賞海外部門受賞、スペインのヒューゴー賞にあたる二〇一三年度イグノトゥス賞海外短篇部門受賞、二〇一二年度スタージョン賞第三席
「動物園」の語に一般的なzooではなく、menagerieを使っているのは、テネシー・ウィリア

ムズの戯曲『ガラスの動物園』*The Glass Menagerie* を意識しているのではないか、という訳者の質問に（この戯曲の主要登場人物であるローラは、ガラス製の動物の人形コレクションを持っていて、それを「ガラスの動物園」と呼んでおり、その脆い人形たちは、ローラの精神状態と置かれている状況をシンボライズしていると考えられます）、作者はこう答えてくださいました。「この短篇の題名は、まさしく、ウィリアムズの戯曲へのアリュージョンです。短篇のなかでもっぱら弱々しく、脆い存在であると見られていた母親が、折り紙の動物と同様、大きな内なる力を持っていることが明らかになるのですから」

この作品の感想として、Twitter でいちばんよく見かける表現が、「電車で読むと危険」です。それがどういう意味なのか、実際に試してみるとおわかりになるかもしれません。

「**母の記憶に**」"Memories of My Mother"（〈デイリー・サイエンス・フィクション〉二〇一二年三月十九日配信）

ほんの数ページの掌篇ながら、イメージ喚起力が強く、すでにこの作品の映像化作品が二本作られています。そのうち、一本は、なんと日本の作品で、カトリーヌ・ドヌーヴ主演、是枝裕和監督作品『真実』（二〇一九）がそれ。映画のなかの劇中作として使われています。また、上映時間二十六分の短篇ＳＦ映画 *Beautiful Dreamer*（2016）では、原作が忠実に映像化されています。この短篇映画は、Film Shortage のサイトで公開されていますので（https://

filmshortage.com/shorts/beautiful-dreamer/）、ぜひご覧になってください。日本語字幕付き。

「**もののあはれ**」**"Mono no Aware"**（オリジナルアンソロジー The Future is Japanese、二〇一二年／『THE FUTURE IS JAPANESE』ハヤカワSFシリーズ Jコレクション収録、二〇一二年）

二〇一三年度ヒューゴー賞短篇部門受賞、ジョナサン・ストラーン編集の ***The Best Science Fiction and Fantasy of the Year: Volume Seven*** に収録

初めて邦訳されたケン・リュウ作品です。西欧的ストーリーテリングの「規則」（物語の主人公は問題解決のため積極的に行動しなければならない）に従わない語りに興味を抱いて、書いたと作者は語ります。自分が読んだ中国や日本の物語の多くは、その「規則」に従っていないといい、例として挙げられているのが芦奈野ひとしの『ヨコハマ買い出し紀行』。

「**存在**」**"Presence"**（ウェブ誌〈アンカニー〉二〇一四年十一月十二月合併号）

これも掌篇ですが、〝なんらかのSF的ガジェットを使って人間関係、特に家族関係を描く〟作品を作者は何本も書いています。老親介護を経験した訳者のような人間には、まさに「身につまされる」内容です。

「**結縄**」“Tying Knots”（ウェブ誌〈クラークスワールド〉二〇一一年一月号）
結縄文字とタンパク質の折りたたみを結びつけたアイデアが秀逸です。訳者が初めて読んだケン・リュウ作品で、このアイデアにおおいに驚き、感心しました。

「**ランニング・シューズ**」“Running Shoes”（ウェブ誌〈SQマグ〉十六号、二〇一四年九月）
南北問題はケン・リュウが何度も取り上げているテーマです。激しいパワハラに遭うヴェトナムの貧しい女工の切ない行く末を描いた残酷なファンタジイ。

「**草を結びて環を銜えん**」“結草銜環（Knotting Grass, Holding Ring）”（オリジナル・アンソロジー *Long Hidden*、二〇一四年）
古代中国を題材にした作品もケン・リュウの十八番です。本作原題の「結草銜環」は、中国の二つの故事に基づく四字熟語（「結草啣環」とも書きます）。「結草」については、本文中で説明されていますが、「銜環」は、怪我をした雀を助けた男のもとを、雀が化けた童子が西王母の使いとして訪れ、白環（白玉の環）を男に与え、男の子孫は出世したという故事。要するに「情けは人の為ならず」という四字熟語です。

「**良い狩りを**」“Good Hunting”（ウェブ誌〈ストレンジ・ホライズンズ〉二〇一二年十月九日

および十月二十九日配信、〈ＳＦマガジン〉二〇一五年四月号訳載）
二〇一三年ＷＳＦＡ（ワシントンＤＣ・ＳＦ協会）小出版社賞短篇部門受賞、第四十七回（二〇一六年度）星雲賞海外短編部門受賞、ポウラ・グラン編集の *The Year's Best Dark Fantasy & Horror 2013* に収録

訳者が個人的に一番気に入っている作品をトリに持ってきました。どこが好きかというと、「転調」の魅力です。詳しくは述べません。なんの先入観も持たずに読んで、訳者とおなじ感動を味わっていただきたいものです。

ちなみに単行本版『紙の動物園』が刊行された際、無名作家の作品集の認知度を少しでも上げる一助になればと考え、著者にも協力してもらって、訳者は個人的なプロモーションをTwitter上でおこないました。収録作のなかで気に入った三篇を挙げてつぶやいてもらうという内容でした（抽選で著訳者サイン入り折り紙など進呈）。百十九名もの応募がありましたが、そのなかで断トツの票を集めたのが、この作品でした——その他上位は、二位「紙の動物園」、三位「結縄」。

この作品が日本のＳＦファンにとても気に入ってもらったのは、星雲賞を受賞したことからもあきらかですが、受賞式で読み上げました著者のコメントを紹介しておきます——

「星雲賞受賞というすばらしい名誉を授かるのは、「紙の動物園」につづいて今回二度目ですが、初めて受賞したときと同様の感動を覚えております。いや、むしろ、今回の受賞は、さま

ざまな意味でいっそう特別なものになりました。と申しますのも、「良い狩りを」は、わたしのベストの作品のひとつだと思っているのですが、アメリカでは、さほど高く評価されていなかったからです。この作品を書いたのは、人間の精神の復元力と適応能力を寿ぎたかったからです。太平洋の向こう岸におられる読者がわたしの意図を汲んで下さったのを知ることができ、とても嬉しく存じます」

Netflix のSFアニメシリーズ『ラブ、デス&ロボット』(二〇一九)の一篇「グッド・ハンティング」として映像化されています。

最後に、ケン・リュウ短篇傑作集1〜6(ハヤカワ文庫SF)のなかで、本書収録作がどの本に入っているのかを記しておきます。

「紙の動物園」「結縄」――『1 紙の動物園』(他五篇収録)
「Arc アーク」「もののあはれ」「良い狩りを」――『2 もののあはれ』(他五篇収録)
「母の記憶に」――『3 母の記憶に』(他八篇収録)
「存在」「草を結びて環を銜えん」――『4 草を結びて環を銜えん』(他五篇収録)
「ランニング・シューズ」――『5 生まれ変わり』(他十一篇収録)
*『6 神々は繫がれてはいない』には本書収録作は無く、全八篇収録。

本書で、ケン・リュウに興味を抱き、これらの文庫や、最新の日本オリジナル短篇集『宇宙の春』（新☆ハヤカワ・SF・シリーズ）をお手に取っていただければ訳者冥利に尽きます。

二〇二一年四月

訳者略歴　1958年生，1982年大阪外国語大学デンマーク語科卒　英米文学翻訳家　訳書『母の記憶に』『生まれ変わり』（ともに共訳）『紙の動物園』『宇宙の春』ケン・リュウ，『隣接界』（共訳）『夢幻諸島から』クリストファー・プリースト（以上早川書房刊）他多数

Arc アーク
ベスト・オブ・ケン・リュウ

2021年5月20日　初版印刷
2021年5月25日　初版発行

著　　者　ケン・リュウ
編・訳者　古《ふる》沢《さわ》嘉《よし》通《みち》
発 行 者　早 川　浩

発行所　株式会社　早川書房
東京都千代田区神田多町2－2
電話　03 - 3252 - 3111
振替　00160-3-47799
https://www.hayakawa-online.co.jp

印刷所　精文堂印刷株式会社
製本所　大口製本印刷株式会社

定価はカバーに表示してあります
ISBN978-4-15-210033-7 C0097
Printed and bound in Japan
乱丁・落丁本は小社制作部宛お送り下さい。
送料小社負担にてお取りかえいたします。